象の皮膚

Zou no hifu

Sato Atsushi

佐藤厚志

新潮社

象の皮膚

頭がぼんやりするほど暖房の効いた保健室に、母親に伴われた児童らがパンツ一丁という格好で整列していた。アイウエオ順で振られた出席番号に従って、五十嵐凛（いがらしりん）はアイザワという女の子に続いて二番目で順番を待っていた。肩に置かれている母親の手を、凛は粘土でも乗せられたみたいに重たく感じた。小学校に入学して初めての健康診断で、男児も女児も、不安そうに爪を噛んだり、鼻をほじったり、母親と手をつないでもじもじと無意味に動いたりしている。

凛の級友は七人で、喘息やアレルギーが原因で虚弱体質だったり、身体に障害がある子供のための特別学級だった。

外の四月の空はどんよりと曇っていた。霧を吹きかけたように窓に水滴がついて、中庭の竹林の景色がぼやけている。立ったまま眠気を催した凛は、自分の名前を三回呼ばれたのち、代わりに返事をした母の声でようやく顔をあげた。

三角おにぎりの輪郭をした男性小児科医が手招きする。凛はこの医師の醸す雰囲気に怯んだ。力士並の巨体で、少ない髪の毛をポマードでオールバックにしていて、もみあげが岩に張りついた海苔のように口のすぐ横まで広がっている。額は油っぽい汗が滲んで光っていた。その汗が蒸発して密閉された部屋に充満しているような気がして凛は不快だった。

健康診断を始める前に「タグオ先生です」と助手を務める若い女性養護教諭はその医師を紹介した。田郷なのか、田合なのかわからないが、凛には「タグオ」と聞こえた。身長と体重を養護教諭に計ってもらった後で、診察を待つ。

ここへ来なさい、とタグオ医師が言うとき、脂肪のたっぷりついた顎がぷるぷると揺れた。凛が母親の顔を見あげると、母親は励ますようにほほえんだ。押し出されるようにして凛は進み出た。

タグオ医師は頰の厚い肉によって押しあげられた細い目を動かして、凛のアトピー性皮膚炎に覆われた赤い皮膚を見ると「痒いかい」と聞いた。

凛は頷いた。

タグオ医師は凛の腹と背中にひとしきり聴診器を当てて呼吸音に集中してから「喘息もあるね」と言い、向き直った凛と目を合わせた。事務椅子に座るタグオ医師の、自分の胴回りより太い両の足に挟み込まれる姿勢のまま、凜は顔を伏せ、たっぷりとふくよかな顎から巨大な下腹へと視線を落とした。

おや、とタグオ医師は凜のこめかみの湿疹に気づき、陶器の焼き色でも鑑定するような手つきで凜の顔を支え、補助照明が患部によく当たるようにゆっくりと斜めに傾けた。ほお、なるほど、とタグオ医師は喉の奥で低い音を響かせた。

凜は空気を注入して膨らましたような医師の指に前髪をかき分けられるのに怖気を感じながらじっと耐えた。

やがてタグオ医師は凜の体をくるりと反転させて受診を待つ親子と向かい合わせた。それに合わせるように控えていた養護教諭が、背の低い衝立を取り払った。五組の親子の視線が凜の赤い肌と、そして医師が豚の蹄のような二本の指で示している凜のこめかみの湿疹に容赦なく注がれた。数週間ほど前からこめかみに現れた円形状の湿疹は表皮がむけて白っぽくなっていた。

みなさん、これはカビです、とタグオ医師は言った。

母親たちは囁き合うことはしないで、心配することはないというようにそっと我が子の頭に手を置いた。

カビですって、と凜の母が驚いてつぶやいた。

「これはアトピーの湿疹じゃない」とタグオ医師は続けた。「カビだ。正確にはカビの一種で白癬菌によるものです。わかりやすく言うと水虫とか田虫ですな。つまり人にうつる。頭にもうつるし、腕にも足にもお腹にも背中にも股間にもうつる。病院で診てもらうといい。アトピーで通っている病院があるでしょう」

凜の母は恭しく礼を述べた。

服を着て退室するとき、まだ凜から目を離さないでいる親子が一組か二組あった。凜は列の後方にいた女の子と目が合った。そしてこれはほんのわずかの仕草だったから凜の母親はわからなかったようだが、凜と目を合わせた女の子は、凜がドアノブに手をかけたときに、わずかに体を引いた。

かかりつけの秋葉皮膚科で診てもらうと、こめかみの湿疹もアトピーに違いなく、白癬菌によるものでないとはっきりした。白髪の秋葉医師はピンセットで凜のこめかみの皮膚をブチブチとちぎってプレパラートに採取し、顕微鏡で調べ、その画像を見せて説明してくれた。

よかったねえ、と母は言った。凜は肌が黒ずんでるから白い湿疹が目立ったのよ、水虫だったらお風呂の足ふきマットもタオルもスリッパも気をつけないといけなくなるからねえ。

そう聞いて、潔癖性の母親が心配していることが、自分の疾患より家族の衛生だということに凛は思い当たった。皮膚病をうつされるのはごめんだ、と言われた気がした。

小学校では、同じ年の子供たちは皆、美しい肌を持っていた。健康な肌を持っている人間なら誰でも羨ましかった。男子の泥だらけの膝小僧さえ眩しく輝いて見えた。自分の肌だけが赤黒く沈んだ色合いを帯びていた。大勢でいると太陽の黒点のように目立ち、注意を引き、決して気持ちを明るくしない肌。凛は健康診断の後から、無邪気な級友からカビと呼ばれた。カビじゃないもん、ちゃんとせんせいにみてもらったもん、と言うと笑われた。やっぱりカビだったんだ。おいしゃのせんせいはカビじゃないといったけど、やっぱりわたしはカビだったんだ。そう思うと、自分だけが薄汚れていて皆に迷惑をかけていると感じた。学校生活はほんの数日で死んだ。どの日もかけがえのないものでなく、同じ日だった。二年経つとクラス替えがあった。三年生から特別学級の生徒らも通常学級へそれぞれ編入された。かつての級友から伝え聞いて凛をカビと呼ぶものがあった。その言い方は一年生の時のじゃれ合うような調子の愉快な響きは消え、かわりに毒々しくトゲがあり、凛を排除する悪意が込められているようだった。

家は家で似たようなものだった。同じ小学校に通う兄が凛をカビと呼び、弟がまねをし、父もそれを面白がった。中学へあがっても同じだった。学校生活は長かった。生徒も教師も恐ろしいと感じた。凜の他にもクラスにひとりはアトピーの生徒がいたが、お互い暗黙のうちに避け合った。

同じ苦労はそれから二十年経っても変わらなかった。凜は現在、書店で働いている。高校を卒業して一度、別の書店に就職したが、夏に半袖の制服を強要されたので辞めてしまった。腕の湿疹を晒したくなかったからだ。今は長袖の着用が許容される書店で契約社員として働いている。毎年夏になると決まって同僚や上司に「なんで長袖着ているの」と聞かれた。その度、凜は「寒がりなんです」と答えた。

☆

仙台駅の北側にそびえる、地上三十階建てのシエロビルは四階までが「シエロビルショッピングガーデン」という商業施設になっている。そのショッピングガーデンの一階フロアに凜の勤める善文堂（ぜんぶんどう）仙台シエロ店はあった。時刻は朝七時半。バックヤードの検品場。男性物流スタッフの三上（みかみ）がカゴ台車から、二つ並んだ折りたたみ式の長テーブルの上に新刊書の詰まった段ボール箱を次々と滑らせる。

流れてきた箱を凜は三段ずつに積む。三上が力任せにどんどん箱を流してくるが、積みあげて並べる作業が追いつかずに滞る。

すると凜のもたつきに対して、五十歳手前の三上は「ち」と舌打ちして「なんだべ、凜ちゃん、今日荷物多いど」と言ってどんどん流す。凜は三上に対抗するように「わかってる、もう荷物流すのいいから、箱開け始めて」と返す。

三上は、重量のある箱を難儀そうに扱う凜をからかうように下手な口笛を吹いてハサミで結束バンドを切り、検品にかかる。

一日を通して、この新刊書の箱をあける作業が凜は一番好きだった。冊数を数えて、仕分け台にジャンルごとに積んでいく。どの本もぴったりと閉じられていて、ある一定の重量を感じさせる。触れたら指の皮膚が切れそうなピカピカのカバーや帯。まだ誰も手に取っていない、誰もページをめくっていない、艶やかな天（あたま）や小口（こぐち）。初めて外気に触れたかのように放つ紙とインクの匂い。タイトルからどんな本かを想像する。しかし、新刊書についてあれこれ思いを巡らせている暇はなかった。

午前九時前、荷開け作業は物流スタッフに任せて凜は売場で動く。レイバースケジュールを作ってスタッフにレジ業務や陳列業務や休憩時間を振り分ける。九時になると朝礼で業務連絡を全体に伝え、店長石綿浩二の挨拶があって、接客七大用語を全員で唱和する。朝礼の後、雑誌の付録付けを手伝い、凜は自分が担当している文芸書の新刊を陳列した。十時に開店すると後は品出しをしながらとにかく接客、接客で午前中は過ぎた。

十一時頃、応援を要請するベルが鳴って、レジに駆けつけると行列ができていた。

「お次に、お会計を、お待ちの、お客様、こちらへどうぞ」

凜は手を挙げて案内する。

赤い眼鏡をかけた男がフィギュアスケート選手の写真集を五冊重ねてカウンターにドンと置いた。

お預かりいたします、凜は商品を受け取って「同じ商品を五冊でお間違いないでしょうか」と聞いた。

エクスキュズミ、と聞き返されて相手が東洋系外国人だとわかり、凜は指を五本広げて見せて「五冊、オーケー」とほとんど日本語で聞いた。

伝わったのか怪しいが、男は「オケ」と笑顔を作った。

レジスターの電子表示を指し示して合計価格を伝えると、男は「インクルーディングタクス」と語尾をあげて聞く。

凜は「インクルーディングタクス、イエス」と答えた。

すると、男は両手を広げて「ホワーイ」と顔をしかめて「アイムツーリスト、ホワーイ」と繰り返す。

なぜと聞かれても答えられないので、凜のほうでも「インクルーディング、タクス、イエス」と強硬に繰り返した。

外国人の男はまた手を広げて「オケオケ」と余裕たっぷりに苦笑しながら肩をすくめ、会計をクレジットカードで済ませた。

十三時過ぎ、店内連絡用のＰＨＳで事務所に呼び出された。急行すると防犯カメラのモニターを石綿と三上が睨んでいる。店内に万引きの疑いが濃厚な人物がいて、カメラで追っているとつい先ほど着手と隠匿を確認したという。石綿は凜に北側出口で待機するように言いつけた。

「南側出口は三上さんに見張ってもらうから。犯人が出てきたら押さえて」

石綿はモニターを向いたまま言う。

「え、押さえてって、私がですか」

凜はそう言い、モニター近くのシフト表で出勤している男性スタッフを確認した。男性は店長石綿と三上、それから雑誌担当の尾形がいたが、尾形は休憩で出ていた。

石綿は髭の剃り残しのある顔を凜に向け、怒り気味に「急いで」と言い、反駁を許さなかった。その石綿の傍らには、リスやハムスターなどの小動物を連想させる千鳥（ちどり）という女性スタッフが「やだあ、こわあい」と右手を左手の肘に添えるような姿勢でモニターを見つめている。凜は千鳥を背後から睨み、たばこの臭いがそこから漂ってきそうな石綿のぴかぴか光る禿頭に視線を投げ、声を出してため息をついた。エプロンを外して売場に出ると、上体を反らせ、足音を立てながら歩幅をめいっぱいとって北側出口へ向かった。体格は標準的であるのに石綿は凜を男性と同等に扱う。

休みなく働き、常時目を充血させている石綿にはバイオリンを弾く趣味があり、時々本社の連中やいきつけの飲み屋の仲間を貸し会議室に招いてリサイタルを開催した。千鳥はいつも招かれるが、凜は呼ばれたことがなかった。

これから万引き犯を取り押さえなければいけないと思うと、凜は胸が圧迫されるようだった。胃が急速に収縮活動を始め、昼休みに食べたゴボウ入りマカロニサラダとミルクティが一緒に喉の奥にせり上がってきて、口の中が酸っぱくなった。心拍数があがって、歩き方に変調をきたし、左右に揺れている気がする。

ＰＨＳが鳴った。

今、そっちに犯人が向かっている、と石綿は言った。

怖い、と凜は思った。さっき防犯カメラで人相を確認したが、五十過ぎの図体のでかい男だった。刃物を持っていたら、などと考えてしまう。

犯人に警戒されないように凜は出入り口の脇で身を隠し、いつでも男を取り押さえられるように腰を落として低く構え、半身を自動開閉ドアに乗り出して店内をちらちら見ながら、防犯カメラの映像によって犯人を追っている石綿の指示を待った。会計を済ませて退店する客が出口で隠れている凜を不審がって横目で見ながら通り過ぎていった。間もなく、中央通路をまっすぐこちらへくる万引き犯が視界に入った。「いったぞ」と石綿の指示がある。凜はＰＨＳをポケットにしまった。

疑惑の男が出てきた。

押さえにかかる構えをしていたことが全く無意味だったと思いながら、凜は万引き犯の行く手を遮るようにして正面に立って「本盗りましたね、事務所まで同行願います」と告げてから横に回って、石綿に教えられた通り、男の腰のあたりを探ってベルトを摑んだ。

男は呆然と立ちすくんでいたが、凜が「さあ、事務所にきてください」と促すと急に「うらあ」と声をあげて凜の手を振りきろうと腰を振って暴れ出した。まるで猟犬みたいに歯茎をむき出しにして、男は「放せ、こらあ」と暴れる。

凜は「待ちなさい」とベルトにしがみつく。誰か止めてください、万引きです、と大声で助けを求めたが、若いサラリーマン二人組が足を止めてにやにやしながら眺めるだけで、通行人は凜と男から距離をとって早足で通り過ぎた。

もう手が痛くて限界だというタイミングで、石綿と三上が駆けつけた。凜はその二人の姿を見て力が緩み、つい手を放してしまった。万引き犯は盗んだ本が詰まったリュックサックを放ると、不格好に両手を振って走り出した。石綿がすぐ追いついて男のジャンパーを引っ張る。三上が腕を押さえる。それでも男は半狂乱になって暴れる。急に恐怖が消えた。凜はもつれ合う三人に近づき、万引き犯を後ろから裸絞めにして「いいかげんにしろや」と耳元で言った。凜の、細く筋肉質の腕が男の首に食い込む。苦しそうに喘ぐ男が観念したのが腕の感覚でわかったのに、凜は暴走した力を緩めることができなかった。頭の中で「絞め殺せ」と誰かが言っているようだった。男がぶるぶると震えだした。三上が「凜ちゃん、おちるおちる」と凜の腕を力ずくでほどいた。凜は呼吸を整えた。

石綿が凜の肩を叩いた。ねぎらわれるのかと思ったら、石綿は「お客さん並んでるから、店戻ってレジ入って」と言う。石綿の言うとおり凜は店に走った。犯人の首に巻いた腕を緩めた瞬間、自分を見ていた石綿の目が気になった。目の前に毒蜘蛛でも吊されたような顔をしていた。

☆

幼いうちから、凜は親兄弟から「アトピー」とか「ピーコ」というあだ名をつけられて育った。ただ「ピー」と呼ばれるときもあった。物心ついた頃には、そういう家庭内の自分に対する呼称にすっかりなじんでいて、悪口を浴びせられているとか、いじめられているというふうには全然思わなかった。

幼稚園を卒園するまではアトピーも大したことはなかった。成長するに従って皮膚の病状は悪化の一途をたどった。顔や首のほか、体の節々の表裏に現れていた湿疹は、小学校の低学年で全身に広がり、肌がごわごわと強ばって黒ずんでくると、日々強いステロイド剤を塗布するようになった。三つ上の兄良太（りょうた）と三つ下の弟茂樹（しげき）は、凜をばい菌みたいに扱った。

例えば子供三人でテレビアニメを観ながらポテトチップスを摘んでいると良太が「アトピー掻いた手で触るな」と凜からポテトチップスの袋を離す。茂樹も何かと長兄の真似をするので、凜がテーブルの菓子に手を伸ばすと「アトピーの手で触るな」と姉である凜に向かって平気で言う。同じ悪口でも兄に言われると腹が立ち、弟に言われると何だか悲しくなった。

良太と茂樹は健康な肌と、すばらしい消化能力を備えた内臓器官を持ち、よく食べてよく眠り、小学校の時分にはすでに凜とは比べものにならぬほど大きくがっしりした体つきだった。良太と茂樹にも生まれてすぐにアレルギーの症状があったという。首や腕に発疹が見られたものの、すぐに引っ込んだらしい。凜だけがずっとアレルギー体質を引きずり改善することがなかった。

父政夫は凜に対して「お前は気合いが足りない」とよく言った。

気合い、というのが凜にとって謎だった。

「元気が足りないとか、性格が引っ込み思案だということとは違うぞ、うじうじした性格だから病気もつきまとうのだ、その上お前は言うことを聞かない、右を向けと言えば左を向く」

そう言って政夫は凜を叱った。

性格がだめだと言われ、どうしたら正せるかと考えたが、凜はますますわからなくなり混乱した。自分が逆にどんどん気むずかしくなっていくことだけはわかった。盆や正月に親戚と会うと凜は「むっつりしてめんごぐねえ子だ」と言われた。政夫がテレビを観ている横で痒い痒いと騒いだら、分厚い手でぶっ叩かれたことが幾度となくあり、凜はその都度家では黙っていようと決めた。

一方、母の真奈(まな)は凜のアトピー治療に独特のこだわりがあり、主婦同士のつき合いで聞き知った民間療法や市販薬を家に持ち込んだ。凜はそれらを、これに賭けるという思いで毎度大きな期待を寄せて試したが、症状が少しでも改善したことはなかった。その頃、まだアトピーの完治が可能であると凜は信じていた。真奈は潔癖性で、皮膚炎が衛生面によるものと決めつけ、風呂では肌の表面がきゅきゅっと滑らなくなるまで合成洗剤でゴシゴシ洗わされた。体内のビタミンD生成を促すように天気のいい日はできる限り太陽に当たれと言われ、登下校中は日向を歩いた。そうしていたら肌がいっそう黒くなった。肌の潤いを保つために油が必要だから油っぽいものを食べなさいとも言われ、揚げ物が食卓にのぼると体に合わないと感じながらも下痢するまで食べた。

肌が黒ずみ、腕や足はステロイド剤の副作用で毛深かったので、艶のある肌を持った自分以外全ての女の子が羨ましかった。肌のせいで嫌われると思うと、自分から話しかけることができなかった。級友に話しかけられたとしても冷酷に反応するか、無視した。人を疎んでいるうちに疎まれ、相手にされなくなった。学期末の通信簿の備考欄に「責任感があり、まじめですが、時々お友達に強く当たることがあります」とあった。

　同じ教室にソノコという女の子がいた。小学三年生の時だった。ほっぺたにピンク色のほくろがあり、おかっぱ頭に丸い目をしたかわいい女の子だった。よくいじめられて泣いている生徒に「だいじょうぶ」などと声をかけては迷惑がられていた。凜も、放課後に男子ともみ合いのケンカをした末、突き飛ばされて尻餅をついて泣いているところをソノコに慰められて惨めな思いをしたことがあった。かわいくて級友に好かれているソノコに声をかけられると、ソノコにそんな意図がみじんもないと知りながらも高いところからものを言われているようで不快だった。掃除の時間、ある男子が脈絡もなく凜の頭のてっぺんに、ちりとりで集めたゴミを振りかけた。凜は頭の中が真っ白になるくらい我を忘れてその男子を追いかけた。別の男子が足をかけて凜は前のめりに転んだ。見ていた男子連中が手を叩いて大騒ぎした。凜は大声で泣いた。そこへソノコが現れて凜を助け起こして、凜の腕にそっと触れた。汚辱にまみれた悔しさをぶつけるように凜はソノコのつま先を踵で思い切り踏んづけた。ソノコも泣き出して、男子は凜が暴れ出してソノコを泣かせたと担任教員に報告した。職員室に呼び出された凜は説教をされた。内容は凜の記憶に残らなかったが、なぜ人の気持ちがわからない、とかそういう趣旨だった。凜は男子がいったい何を考えているのかわからなくてただ怖かった。

凜はソノコに謝るどころか、男子に向けるべき憎悪をソノコに向け、ソノコのせいで男子の前で恥をかいて担任の説教を受けたと思った。虐げられた凜はもっと腕力の弱く、体の小さなソノコに当たった。

体育の着替えの際は決まって、凜は級友の着替えが終わるまで、時間をかけて着替えるそぶりだけしながらやり過ごした。腕や足の皮膚を見られるのが我慢できなかった。体育館、または校庭に遅れて駆けていっていつも教員に頭を叩かれたり、走らされたりする。誰もそんな日常の光景を気に留めなかった。学校では気配を消して過ごし、周りの子供らも凜が木や壁や机や椅子であるかのように振る舞った。ソノコだけが凜の存在を認めていた。ある日、凜が着替えを終えて教室を出るとソノコが待っていて驚かされた。「遅れるよ」とソノコは言った。凜はふてくされているように「先にいってよ」と答える。凜は待っていてくれたというありがたさより、着替えの途中で肌を見られたのではないか、そしてソノコが凜の肌を見て気味悪く感じたのではないか、という警戒心と疑念で頭の中が黒く塗りつぶされた。ソノコは先に体育館へ走った。ソノコに気味悪がられたという勝手な妄執が恐怖を生み、にわかに怒りがこみ上げてきて、凜は教室に戻ってソノコの服を抱えて、同じ階の突き当たりの音楽室まで走り、閉じていたグランドピアノの屋根を持ち上げて中にそれらをつっこんだ。体育の授業に遅れると男性教員はなぜ遅れたと詰問する。黙っていたらわからないぞ、時間通りになぜこれない、難しいことじゃないだろ、周りを見ろ、みんなできている、お前は着替えもおかあさんに手伝ってもらわないとできないのか。級友がどっと笑った。バチン、と頰を張られて、体育館内を壁に沿って走らされた。体育の授業が終わると当然ソノコの服がないということで大騒ぎになった。凜は自分が真っ先に疑われるだろうと考えた。しかし自分が思っていた以上に自分という存在が学級内で希薄であることを思い知った。ちらと凜がソノコの様子を窺うと、ソノコがさっと視線を外したのがわかり、喉元が締めつけられるようだった。自分がそこにいることが耐え難く、忌々しかった。もだえるようだった。醜い自分にさえ手をさしのべようとする、ソノコの健気な気質そのものが受け入れ難かった。ソノコにいなくなって欲しかった。自分は憎しみを餌に肥えた化け物だと凜は思った。そうだ私はカビだったんだ。皮膚だけでなく、心もカビだらけになっちゃったんだ。

服を隠したのは凜だと知りながら、担任教員に言いつけはしないでソノコは体育着のまま泣いて下校した。凜はソノコに謝ることができないまま時間が過ぎて、結局小学校を卒業してソノコとは離ればなれになった。

先日の万引き騒ぎの一件について、石綿は「いやあ、五十嵐さんがいて助かったよ、男手が少ないからさ」と凜に言った。善文堂に面接に訪れた際、凜が高校時代のレスリング経験を伝えると、石綿は嬉しそうに男性スタッフが不足しているという話をしたものだった。レスリングは肌を露出する機会が多く、実際は三ヶ月で辞めた。

店のスタッフは全部で四十人ほどだった。そのうち正社員は店長石綿、副店長小幡重信の二人である。その下に凜やオヤカタら契約社員がいて、正社員の業務を分担してパートスタッフや学生スタッフを仕切り、店を回した。凜は文芸書、オヤカタは人文、というように契約社員は担当ジャンルを持ってマネジメント業務と書棚管理の両方を担った。

オヤカタの本当の名前は志子田弘幸といい、四十過ぎで、穏やかな性格の海外探偵小説愛好家だった。大工の棟梁のような大柄な体格と角刈り頭から「オヤカタ」と呼ばれていた。

「山形のおみやげです、日帰りで妻の実家にいってきました、よかったら食べてください」

昼休憩中のオヤカタが醤油煎餅の箱を石綿に差し出した。

「おお、いつも悪いね、これ前とおなじやつ？」

「ええ、店長がうまいって言ってたからまた買ってきましたよ」

「嬉しいねえ」と石綿は煎餅の箱を脇へどけて「ところでさ」と前屈みになってオヤカタに顔を近づけて続けた。「来月の棚卸しなんだけど、徹夜組の人数が足りなくて」

「あ、僕出ますよ」

間髪を容れずにオヤカタは言った。

「いいの？」

「はい」

「たすかるわあ」

事務椅子にぐっともたれるようにして上体を反って、石綿は語尾をのばしてそう言った。

オヤカタは妻子を抱えていて、社員昇格を切実に目指していた。そのオヤカタの私生活の浮き沈みに合わせるように石綿は折に触れて社員昇格をにおわせ、オヤカタのモチベーションを刺激した。凜はその石綿の言い方の加減がとてもうまいと感じた。オヤカタの年齢ではどこも正規で雇ってくれず、行き場がないことを石綿はよくわかっていて、横でやりとりを聞いていると、石綿の態度の端々から優位に立っているものの余裕が伝わってきた。

ほかの多くの従業員と同じく凜はオヤカタを頼りにしていた。正社員の小幡まで何につけてもオヤカタ任せだった。オヤカタは店の業務全般に関わり、小幡の半分以下の給料で明らかに小幡より多くの仕事量をこなした。オヤカタは石綿と同じく目を血走らせて猛烈に働いた。例えるなら、石綿がメインエンジンとしてフル回転し、契約社員が両輪となって車を走らせ、小幡が座席にゆったりと座っているイメージだった。

契約社員は不況時の調整弁を担う。業績が悪化すれば電気代みたいに削減されるのは、小売りの中でもダントツで利益率の低い書店業界のやむにやまれぬ事情だった。オヤカタが一年に一度、事務所の隅に呼ばれて、売上が厳しいとか、最低賃金が上がったとかいう話をされるのをスタッフは見る。みんなは「ああ、オヤカタはまただめだったんだな」とわかる。

オヤカタの場合は妻子を背負い、今さら辞められず、この現在の立ち位置でバランスをとって奈落に落ちないように踏ん張るしかなかった。別の仕事を選ぶには、残念ながらオヤカタは本を愛していた。

似たような悲壮感は小学生の男の子を育てるシングルマザーの伊藤にもあった。伊藤は面長で目の大きい美人で、担当しているコミック売場には常にファンデーションと香水の混じった芳香が漂っていた。伊藤に対して、石綿やオヤカタは幻惑されたように優しい口振りで接した。

一方で男性陣を惹きつける伊藤の容姿も、よく見ると痩せ細って姿勢が悪く、目の下の隈が目立ち、喫煙とカップラーメンばかりの食事による不健康な生活が窺われた。伊藤は好きな芸能人の写真集や雑誌なんかをどっさり買って帰ることがあり、明らかに経済感覚が破綻しているように見えた。夫がサラリーマンで生活がある程度保障されているパートの女性陣には伊藤の纏うような悲壮感はなく、彼女たちはマンションの住み心地や生命保険や趣味の登山について話した。

私たちは自動販売機みたいだ、と凜は時々思った。機械となって本を並べて代金を受け取って釣り銭を返す。非正規の人というのは正規にあらざる人間であり、私は正式な人間でない人間だ。感情を持ってはいけない人間だ。自動販売機に徹することで世の中に役立たねばならない。接客業では店頭で感情を表すことは悪として重く罰せられた。客に罵倒されても、決して逆らってはいけない。文庫本を買いにきた客にも、メルセデスでも販売するみたいに接しなければいけない。客を不快にさせれば、反省文、謝罪文、始末書だ。

今までに、つまり凜が勤めた五年の間に、通常の退職とは異なる形で三人の契約社員が消えた。一人目は二十二歳の独身女性、菊池（きくち）文恵（ふみえ）。丸いステンレスの眼鏡をかけていて、社交的な人物だった。一度、財布を忘れてきたと言われて、凜は千円貸したことがあった。いつも昼食にファストフードを食べていて、菊池の休憩中はフライドポテトの匂いがシエロビルショッピングガーデンの共同休憩室に充満した。ピアノの先生を目指していると周囲に話していたが、彼女がどんな音楽を聴き、どんな曲を演奏するのか誰も知らなかった。菊池が善文堂で働いて二年経った頃、音楽教室の就職試験に書類選考で落ちたという噂が従業員の間に流れた。その時期から菊池の昼ごはんの量が明らかに増え、ハンバーガーのセットの他にコンビニのおにぎりを二つ三つ食べていた。痩せ型だった菊池は急激に太り出し、過食症の診断を受け、体調を崩したと言って頻繁に会社を休むようになった。ある日菊池はひとり暮らしの自宅アパートにて、風呂上がりにカップラーメンとカップ焼きそばを食べた後、おにぎりを喉に詰め込みすぎて窒息死した。二人目は山田（やまだ）育美（いくみ）という幼児を抱えた二十五歳のシングルマザーだ。愛想がなく、勤務態度に積極性がなく、異常なほどいつも時計を気にしていた。体調不良だと言って早退する日が多く、仕事も休みがちだった。休みの日は子供を友人宅や父母に預けて一日中パチンコに狂っていた。一度消費者金融から借金すると後は雪だるま式に借金が膨れ上がり、にっちもさっちも行かなくなって自宅アパートで子供を抱いて練炭心中した。山田が善文堂で働いたのは二ヶ月だった。最後はほんの一年前のことで、君塚（きみづか）千恵美（ちえみ）という細面で穏やかな物言いの二十八歳の女性だった。読書家で、読んだ本を感想と一緒に日記帳に記録していて、凛は一度見せてもらったことがあった。五年以上書店で働き、出版社に関する知識を誰よりも持っていた君塚を凛は尊敬していた。誰に対しても優しく親切で、うそがなく、客からの評判もよかった。ある朝、君塚は出勤してくると皆の度肝を抜いた。頭髪をすっかり剃ってきたのである。暑いんです、と君塚は言った。君塚は「寒気がして震えがとまらない」と言って会社を休んだ翌日行方不明となった。同居していた両親が警察に伴われて店に来て、娘の仕事の様子などを聞き取って帰り、それ以降音沙汰ないので結局彼女がどうなってしまったのかわからず、数ヶ月経つと店でも口にされることはなくなった。

ある日、津田清（つだきよし）という三十歳の独身男性が中途採用され、仙台シエロ店に配属されてきた。以前は都内の書店で働いていて仙台に住むのは初めてだという。男性の正社員が増えて石綿は喜んだ。そして独身の女性陣が敏感に反応しているのが、彼女たちのそわそわと落ち着かぬ態度と、いつもよりおしとやかな物言いから見て取れた。彼女たちは、当の津田からどう思われているかは度外視して、結婚相手の候補として品定めした。文庫担当の千鳥と芸術書担当の森（もり）が終業後のロッカールームで、いつ津田を酒の席に誘うか、周囲をはばかることなく算段していた。その千鳥と森の声高に話す態度には、まず私たちが一等先に津田を査定する、またその資格があるのだという、周知と牽制の意味合いが込められているように凜は感じた。

「いやあ、津田君は頼りになるねえ、何でもできるからもう俺がいなくてもいいんじゃないか」

白々しい口振りで、石綿は心底感心したというように、入社後数日の働きぶりから津田をおだてた。

津田はほめ言葉をそのまま受け取って「いやあ、まだまだ慣れないですよ、この店のルールもわかってないですし、常連さんの顔も覚えないと」と笑った。

「津田君はけっこう本読むんだっけ」

「乱読するタイプで……」

津田がまだ何か続けそうだったので、石綿はへえ、どんな、とにわかに興味をかき立てられて、ＰＣから目を外して話を促すように向き直った。

「ええと、そうですね、なんていうか、ビジネス書とかですかね」

津田は右手の人差し指と親指で顎を摘むようにして、右上方の空間へ視線を向けながら答えた。

「ですかねって言われてもね」と石綿は笑い「小説は読まないの」と聞いた。

「かなり読みますね……」

そう言って津田は沈黙したので石綿は「たとえば」と聞く。

事務所にいた凜も、じれったい思いで聞いていた。

津田は腕を組んで「どれを読むっていうことはないんですけど、うん、たとえばそうだなあ」とはっきりしないので、石綿が「ＳＦとかミステリーとか純文学とかあるでしょう」と助け船を出す。

「そうですね、あえて言うなら恋愛ものですかね」

津田が言った。

そう、と大変小さい声で返事をした石綿は、笑顔をみるみる萎ませ、失望の色を浮かべた。

一方で、津田はやっと話に乗ってきたと見え、自分が読んだ本にようやく思い当たってタイトルを告げて「泣けるんですよ、映画化もされてます」と石綿に薦めた。津田はその本の著者と出版社も教えたが、石綿はＰＣに向かってキーボードを叩きながら、全く関心のない調子で「今度読んでみるね」と言った。

凜は「私もその本好きですよ」と脇から話に入っていくと、それにかぶせるように千鳥が「私も好き、映画もすごいよかった」と飛び込んできた。すると石綿は非常に冷たい声で「今日は新刊も補充も多いでしょ、常備品の入れ替えも溜まってるし」と言って話を打ち切った。

凜には「ソウイチ」という名前の恋人がいたので、津田を異性として意識することはなかった。ソウイチは携帯電話のシミュレーションゲームアプリで造形された人物だった。自由な基本設定ができて、プレイヤーとの会話を重ねることで性格や考え方が個性を持って変化していく。黒縁眼鏡、眉毛にかかるくらいの前髪、身長百七十八センチ、三十五歳、血液型O型、秋田出身、職業は喫茶店経営、冷静沈着で物腰は穏やか、趣味は将棋と旅行、肌は色白。凜はそのように選択式のプロフィールを初期設定していき、一年ほどゲームを楽しんでいる。凜は頭の中で、ソウイチの特性を自分の妄想に添って肉付けし、ソウイチはゲーム内の人物造形を越えて子細に構築され、持ちうる理想を全て体現した、人間以上に人間らしい人間として凜の前に現れ、気持ちを占めた。

ソウイチは美しい肌を持っていた。体毛が少なく、その肌はいつも艶やかに潤っている。日の光に当たると、地肌のきめ細やかさとすべすべした質感がよくわかる。凜はソウイチの目が好きだった。ほほえむと目が細く、優しげになる。わずかに冷ややかさも読みとれるが、見守られているような感覚があった。右肩と左膝頭にほくろがある。それらの特徴群はゲームには存在しない。また、照れるときに前髪をさっと掻いてはにかむ表情もゲーム内には存在しない。

アプリを立ち上げて携帯電話と向き合っていると、メッセージの文字列から声さえ聞こえてくる。いくらか高くてはっきりと聞き取りやすく、細やかな振動を伴って胸に響く声。

今ここにいる自分の頭の中にいる人物であるのだから、凜はソウイチが実在すると言い切ることができた。遠くの親戚は存在を知っているというだけで、むしろ親戚のほうが存在が薄いじゃないか。そう凜は考えた。旅行にいけば二人部屋を取り、おみやげも二人分買った。

☆

子供の頃、隣に加藤というばあさんが一人で住んでいて、凜をかわいがって面倒を見てくれた。散歩に連れていってくれたり、良太と茂樹には内緒でアイスクリームを買ってくれたりした。このばあさんは、凜が皮膚炎を気に病んでいるのを気の毒に思って「病気は気にしねえのが一番で、体にいいもん食べてよく寝っと治っちまう」と言って聞かせた。「何か、凜ちゃんの、好きなこどばっかり考えっといいど、ばあちゃんは嫌なことあっと、鯉の煮物を頭さ思い浮かべたもんだ」とも話した。鯉が食べられるとは知らず、凜にとって鯉といえば小学校の昇降口前の池で校長が撒く餌に口をぱくぱく開けて群がる、化け物じみたどぎつい色の魚に過ぎず、加藤のばあさんの話をよく飲み込めなかった。好きなことばかり考えろと言われても、それまで生きてきて心から好きだと思えることはなかった。本が好きだったが、それは身近にあって惨めな日常生活からいくらか離れられるという理由からだった。凜はその頃よく読んだ、フィリパ・ピアスの『トムは真夜中の庭で』に出てくるトムのように自分だけの密やかな楽しみがあればいいと願った。登場人物が凍った川をスケートで滑る場面を読む度に、空間がすうっと広がっていくような、浮き立つような、鬱屈した気持ちが切り開かれていくような感覚をほんの刹那だけだが味わうことができた。ここことは別の世界で、ぜんぜん違う人物になりたかった。一カ所でもこの世の中に、誰に気兼ねすることなくいられる安楽な場所が欲しかった。実際はそんな場所はなかった。凜には自室がなく、仏間で子供三人寝かされる生活で、常に両親の監視下にあった。時々、寝る前に部屋の隅で足の湿疹に溜まった膿を絞り出しているところを父に見つかって「不潔なやつだ」と叱られた。

加藤のばあさんは気にするなと言うが、学校では肌が晒される機会がふんだんにあるので気にしないということは無理だった。級友と目が合うと、相手の目は凜の赤い額から黒ずんだ首へと視線が移っていった。すると凜は自然、下を向く。人と目を合わせるのにも神経を使った。

一度、加藤のばあさんが凜を八木山の動物園に連れていってくれた。園の中央にゴリラの展示があり、堂々としたオスのゴリラがどっしりとあぐらをかいて黒光りした彫りの深い顔に茶色がかった目を光らせて来園客を見渡していた。常に好奇の目を注がれてゴリラはどんな気分だろう、と凜は想像した。囲いの中が全世界なら、ゴリラにしてみれば、逆に人間という巨大な展示物を終始見せつけられているということになる。凜はそう考えてほくそ笑んだが、地獄のようだとも思った。動物園の記憶の多くの部分を占めているのは象だった。凜はゴリラよりもずっと大きい象の前で長く足を止めた。硬くごわごわした象の皮膚は私の皮膚に似ている、と思った。私は象の同類だと思った。

中学の時、タグオ医師が死んだ、という噂を母から聞いた。いつか恨みを晴らそうと、カビ呼ばわりされた健康診断を根に持っていたのに、すっかり忘れていて死んだと聞いて久方ぶりに思い出した。その噂を聞いた夜、タグオ医師が風船みたいに膨らみ、空高く浮かんで太陽の左下で破裂する夢を見た。

中学生になっても皮膚炎は悪化の一途をたどった。小学生時代は肌が晒されることで地獄を見たので、中学ではどうにかして肌を隠してやり過ごせたらいいと考えていた。とはいえ、中学で一緒になった生徒のうち半分は凜と同じ小学校からあがってきた。従って中学校でも大して環境は変わらず、幾人かの生徒は凜を知らない生徒に「あいつはカビだ」と紹介した。それは呪いであり、凜は級友や教員を避けて、湿っぽい教室の隅でじっとしていた。時々教室や廊下でちらと視線を投げられる瞬間を除けば、相変わらず窓の縁で死んでいる虫みたいに誰にも見向きもされず、親しい友達もできなかった。まれにクラスの女の子に話しかけられると舞い上がってしまって大声で答えたり、涙ぐんでしまったりして、やっぱり変な子だと思われた。

熱い湯に足をつっこんでいるとだんだん慣れてくるのと同じで、辛い小学校の生活も六年かけて我慢できるくらいになった。それなのに中学にあがってまた振り出しに戻った。また煮えるような湯に足を入れなければならない。中学で新たに知り合った級友は凜の顔を見る。湿疹に気づく。凜は相手の視線が自分の顔中を這い回るのを感じる。首に視線を感じる。そして手に視線が降りてきて、凜は手を後ろに組んでもじもじする。相手が話を切りあげてほかの友達のところへいってしまう。凜は自分が入り込めない輪で交わされる会話を想像する。あの子の肌見てよ、きったないね、うつるんじゃない、凜にはそういう囁き声が聞こえてくるようだった。

初めて隣の席になった男子が、休憩時間に借りた消しゴムを差し出し、ふと凜の首筋に目をやって「首黒いね」と言った。凜は思わずシャツの襟を引き上げた。

「え、なんでそんなに首黒いの」と男子が純粋に不思議に感じたことを口にするというふうに聞く。なんでなんで、と騒ぐ。男子が数人集まってきて「ほんとだ、首黒い」と言う。

多数の視線が近くにあった。顔に焼け石を押し当てられたような痛みを感じた。ものを投げつけられたのでもない、叩かれたのでもない、暴言を吐かれたのでもない、ただ首が黒いという事実を口にされただけだった。それは中学校生活が始まって何日目だっただろう。凜の背後で誰かが「垢が溜まってんじゃない」と言うのが聞こえた。象みたい、と誰かが言う。かわいそう、という声。これは女の子だ。いちいち刺さった。凜を取り巻いている生徒の中に小学校から知っている男子の顔もある。それから三年間の中学校生活が想像できた。そしておおむね想像通りだった。いつ頃か、カビという呼び名にも飽きがきたらしい男子が新しい呼び名を考えた。象女（ぞうおんな）。凜はそう呼ばれた。


相変わらず凜は家の人にさえ肌を見られたくなかった。家族も醜いものを見たくはないだろうと、凜は考えた。自室のない凜は痒みが治まらない時はトイレなどの家族の目の届かないところで掻き、こぼれた皮膚を掃除した。朝、学校へ行く前にテレビの前で足に薬を塗っていると、決まって兄良太に「うわあ、きたねえ足」という言葉を浴びせられた。

空気が乾燥してきたある秋の夜だった。風呂からあがって脱衣所でステロイド剤と保湿剤を全身に隈無く塗ったが、湯で火照った皮膚の痒みがなかなか引かなかった。肌を見られるのも苦痛だったが、薬を塗っているところを見られるのも同じくらい嫌だったので、思う存分体を搔いて薬を塗れる場所を探した。凜は脱衣所にいったが母が風呂に入っているし、トイレには良太か茂樹が入っている。凜は薬を持って台所へいき、電気を消して暗闇で薬を塗った。ぱっと電気がついた。父が「そんなところで何をしている」と聞いた。

凜は黙ってパジャマの袖を直し、裾を下ろした。ずっと以前から、凜が肌を隠す行為を父が不快に思っているとわかっていた。

「泥棒みたいにこそこそして、なんで肌を隠す、家族じゃないか、お前のためにいろんな病院に連れていった、今通っているところも週末をつぶして車で二時間もかけていっているんだぞ、その上五分で終わる診察を二時間も三時間も待たされる、俺やかあちゃんの気持ちを少しでも考えてみたことあるのかお前は、お菓子なんか食ってるからそんな肌になるんだ、自業自得だぞ、家族を見ろ、誰もそんな肌になってないだろう、お前が肌を隠すのはな、後ろめたいからだろう、一緒に暮らしている俺たち家族のことを考えてみろ、おい、聞いているか、答えろ、なんでそんなに卑屈になる」

ごめんなさい、と凜は強さが上から二番目の「ベリーストロング」に分類されるチューブ入りステロイド剤を握りしめて泣いて謝った。こらえなければいけない、と自分に言い聞かせた。反抗してはいけない。怒鳴られるから。叩かれるから。謝った方が早く耐え難い会話から解放されるから。こらえて、我慢し続けた先にいったい何があるか知らないが、自分を押し込め続けるしかなかった。消えたい、と思った。それが叶わないなら、みんな消えてくれ、そう思った。

父の口癖は「クソして寝ろ」だった。凛が腹が痛いと騒ぐとクソして寝ろ。ショッピングモールに連れていってと頼むとクソして寝ろ。そして中学校に通いたくないと訴えるとやはり「クソして寝ろ」と言った。

中学校でも当然肌を露出しなければ通らない場面に頻繁に見舞われた。特に夏場は皆一様に半袖を着るので、ひとりだけいつまでも長袖でがんばっている凛は異様だった。他にも体育の着替え、身体測定、課外活動など肌を晒す難局が立ちはだかった。一番の難関はやはり小学校から変わらず水泳の授業だった。

寛容な教員に当たるといいと希望を持っていたが、その体育教員を初めて見たとき、凛は絶望した。

四十過ぎの、瀬野上(せのうえ)という男だった。整列した生徒ひとりひとりの姿勢を、後ろ手に組んだ瀬野上が時間はいくらでもあるのだというようにゆっくりとチェックして歩く。ひょうたんを逆さまにしたように胸板が張り出し、日焼けした肌はチョコレートというより、消化不良の犬のクソみたいな色をしていた。その風采と態度全てから放たれる、受け入れられざる臭気のようなものに、凜は全身総毛立ち、肌が拒否反応を示すのを感じた。石ころも吸い込んでしまいそうな鼻の穴、分厚くてすぼまった唇、いやらしく垂れ下がった目尻。瀬野上は姿勢の悪い生徒を見つけると、屈強な体をきびきびと動かしてその生徒の前に立ち、鼓膜に刺さるくらいの大声で「気をつけ」と怒鳴った。

この筋肉だるまみたいな瀬野上という体育教員を相手に、水着を忘れたという理由で一夏やり過ごせるだろうか。いや、そんな言い訳が通用するはずがなかった。凜は鉛を飲まされたような気分になった。

☆

ロッカーを一列挟んだ向こうで、アパレルショップの女性店員二人が、周りをはばからずに男の話をしている。凜のいる場所から顔は見えず、声だけがシエロビル二階のロッカールームに響いていた。

「それであの後、飲み屋出てからどうなったの」

がらがら声の女が聞いた。

「普通に帰った」

甲高い声が答える。

「うそだ、やったべ」

「やってない」

「やったべ」

「やってないってば」

「どっちの部屋いったの」

「だからやってないってば」

「あ、あんた妹と住んでるから向こうの家か」

がらがら声が言い、手をぱちんと合わせる音がした。

「だってしつこかったんだもん」

二人の笑い声が合わさって響き、スチールの扉をバンバン叩く音がしてロッカーが揺れた。凜と同じ並びで着替えをしていた女性からバニラの混じったオリエンタル風の香水の匂いが漂ってきた。二階のジュエリーショップの店員で、凜と同じ年頃のようだったが、アップにしていた髪をほどいたその女性を凜は視界の隅に置いて、ゆるやかな動作の気配を感じとった。しっとりとして長く、漆黒の絹のような髪が片方の肩に掛かっている。露わになっている方の首筋は白く透き通っていてほれぼれするようだった。美しい女性を見ると凜は胸が苦しくなった。それは自分が美しくないからでなく、そういう女性にすり寄っていきたいという衝動を感じるからだった。

ジュエリーショップの女性がグリーンのワンピースに着替える間、自分が耳を澄ませたまま固まっているのにはっとして、恥ずかしくなった。落ち着きを失ったまま、仕事用にしているコンバースオールスターから、三センチヒールの赤い合成皮革のパンプスに履き替え、白いシャツにカーディガンを羽織った。「お疲れさまです」と控えめに声をかけると、ジュエリーショップの女性は感じよく「お疲れさまです」と微笑んだ。安物のパンプスと毛玉だらけのカーディガンを見られるのが耐えられず、凜は逃げるようにロッカールームを出た。

従業員用エレベーターで一階に降りて書類を取りに事務所に寄ると、仕分け台にもたれ掛かるようにして、シングルマザーの伊藤と、小学生の男の子二人の母である木村がペットボトルのお茶を片手に、レジで接客するときの二倍の音量で話している。二人ともついさっき凜と同時に勤怠管理システムで退勤を押したのに、まだエプロン姿である。

「凜さん、いつも帰り支度早いね」

木村は言った。

「そうですかね」

「よっぽど早く帰りたいんだね、彼氏が待ってるのかな」

木村が冗談っぽく言う。

凜は木村の気楽な態度をなぜか不快に感じて「いえ、そんなことないです、お疲れさまです」と答えて事務所を出た。

レジで取っておいたコミックを買って店を出ようとすると、白銀百合子が後ろから追いかけてきて「凜氏、凜氏、奇跡的に仙台会場のイベントチケットを予約したなりよ」と凜の腕をとって目を輝かせた。文庫担当として働く白銀は凜より三つ年下のパートで、実家に暮らす独身女性だった。ぽっちゃりと太っていて、キメの細かいもっちりした色白の肌をしている。凜は時々会社帰りに白銀と漫画やアニメの話をした。白銀は凜のことを当初五十嵐氏と呼んでいたが言いにくいらしく、ある時から凜氏と呼んだ。

テレビアニメの声優が集って、作品中のセリフを絶叫したり、歌を歌ったりするイベントが仙台で開催される。チケットの倍率は三倍で「ファンクラブ会員でないと無理じゃろ」と白銀は前に言っていた。

「すごい、白銀さん」

凜は拍手をして喜びを表した。

「すごいだろ、ちなみに転売という手もありますな、さすれば儲かるでござりまするぞ、凜氏」

「だめだよ、せっかくだからいこうよ、白銀さん、仙台でイベントだよ、奇跡だよ」

「そうじゃな、凜大佐」と白銀は同意してから「ところで池端氏が結婚するのは知っておるかな」と言う。

児童書担当の池端舞は「家つきのいい男いないかな」というのが口癖だった。

「え、諦めて結婚しないって断言してたのに」

「そう、口では言っていたが必死に婚活をしていたのじゃよ、池端氏はこれからフリーターから主婦へ昇格するのだ、これからは我々独身族と同格には扱われなくなりますぞ」

「なによそれ」

凛は笑ったが、落ち着かない気分になった。

「そういうわけで池端氏は赤ちゃんができて休むそうじゃ、だから我々もてない女性陣は労働によって池端氏を支えてあげなければならん」

「でもちょうど津田さんが配属されてきて助かったね」

「そうそう、時に凛氏、千鳥氏と森氏が津田さんを誘って飲みにいこうとしてるのをご存じか」

「知ってる、千鳥さんなんて職場で相手を探さなくてももてそうだけどね」

「もてる、もてるぞ、だが彼女は選り好みしすぎて婚期を逃すタイプであろう」

凛は笑ってから「じゃあ、そう言う白銀さんはどうなの」と聞いた。

白銀は「え、あたし、え、急に何」と慌てふためき、白目をむいて「あたしは別にそういうんじゃないから、ていうか今はそのときではないというか」と尋常の話し方に戻り、しどろもどろになる。

「結婚したいって言ってたじゃん」

凛は聞いた。

「いい人がいればと言った」

「そんな人急に現れないよ」

「わかっておる」

「白銀さんも選り好みが過ぎますな」

凜は白銀の口調をまねて言った。

「そんなことはないぞよ、普通の男であればいいのだ」

「普通って」

「うん、年収五百万以上で、長男以外で、顔は中の下以上、それからこれはできればだけどアニメに興味がある人だったら言うことない、あとたばこと酒はだめ、将来犬か猫どっちか飼えたらよし、そしてプロ野球観戦にワシを連れてって欲しい」

「人間だったらいいって言ってたでしょ」

「言ったっけ、それにしてもいいなあ、凜氏には立派な彼氏がいて」

白銀がお返しだというようにニヤリと笑った。

凜は背筋が冷たくなったようにすくんで黙ってしまった。

「今日も凜氏がおいしい料理を作って待っていたりするのかね」

「やめてよ、白銀さん」

「今度紹介したまえ、まだうちのスタッフで凜氏の彼氏を見た人はおらんのだから、せっしゃが最初に会ってしんぜよう、あ、やばい、店長きた、じゃ、お疲れ」

白銀は転がるように文庫の棚へ戻り、凜は笑顔をほどいて店を出た。

歩きながら、凜は「今、仕事終わったよ」とソウイチに報告した。間髪を容れずに「お疲れさま、今日も大変だったね」と返事がきた。おびえる必要ない、と凜は思った。コンピュータの恋人であっても、引け目を感じる必要もないし、恥ずかしがる必要もない。お互いに支え合っているのだから。しかしお互いって言っても相手は誰だろう、という考えが頭をもたげる。自分が恋愛をしている相手はアプリケーションソフトウェアのキャラクターであるソウイチか、運営会社がソフトウェアに搭載している人工知能か、開発者であるエンジニアたちか。いや、違う、自分はソウイチと一対一で付き合っていると思い直した。

二週間後がソウイチの誕生日だった。ソウイチは三十五年前にこの世に生まれ、一年前に配信され始めたアプリを通じて私と出会ったのだ。肉体があるかどうかは問題ではない、魂の関わり合いが全てだ。凜はそういう物語を自身に刷り込んだ。

帰り道を歩きながらソウイチへの誕生日プレゼントに思いを巡らせ、同時に白銀が凜の分も予約したイベントの出費を計算してみた。チケット代、グッズ関連、交通費、飲食代、それらを合わせると二万五千円から三万円になりそうだった。それでは今月ソウイチの誕生日プレゼントに当てる金が残らない。

一人暮らしを始めて以来の、食パンと冷凍うどんの生活にうんざりしていて、これ以上食費を切り詰めると、イベントを楽しもうという気構えさえみるみる萎んでいくようだった。明日、白銀にはチケットの転売を勧めることになるかもしれない。たまの楽しみさえケチくさく金に換えなければならないと思うと暗い気持ちになった。

帰り際に白銀と結婚について話したせいで、母の姉である伯母の圭子（けいこ）と交わした会話がよみがえった。先週凜が本を取りに実家に帰った折りにちょうど居合わせた圭子は凜の近況を根ほり葉ほり聞き出そうとした。別段伯母へ報告することなどない凜は、問われるままに結婚する予定もない、と答えると圭子は「あらあ」と、犬の轢死体でも見るような目で凜を見た。母と圭子は普段から凜のことを電話で話しているのだろうと察せられた。

圭子が帰ってから、凜が独り言のように「給料が安くてやっていけない」とこぼすと、母は「あんたに愚痴を言う資格はない」と叱った。子を持つ母親であれば愚痴をこぼすのも仕方ないわ、遅刻も早退も許される、母親は母親であるというだけでやるべきことをやっているんだから、あんたみたいにぶらぶらしてる半端ものはこれから大変よ、結婚もしない、社員でもない、何がしたいかわからない、あんたね、努力が足りないよ、ほんとに。

凜はとにかく日々の生活で精一杯だったが、母にしてみれば凜はぶらぶらしている人、半端ものだった。努力を怠っているせいで非正規労働者だったし、未婚だということだった。まだ六十代半ばの母親は時々思い出したように「もう私も長くないのよ、でももういいの、思い残すことなんかないんだから、ぽっくり逝ってしまいたいわ」と言って凜を脅かした。

仙台駅構内の薬局で日用品を買い、歩行者デッキを歩いていると、通行人が一様に日の沈んだ西の空を見上げている。近くで立ち止まっていた大学生のカップルが「すごいね」などと囁き合う。流星群でも見えるのかと凜も空を見たが、暗い空とビル群以外何も見えなかった。自分だけが異常で、誰もが見えるものを見ることができないような気がした。凜は下を向いて早足で歩行者デッキから通りに降りた。

カラオケ屋の照明がこぼれている沿道の生け垣で五歳くらいの男の子がしゃがみ込んでいる。何を観察しているのかと、後ろから覗いて凜は「ひ」と声をあげた。通りの街灯の光がわずかに届く植木の下をゴキブリが数匹這い回っていた。凜の悲鳴と同時に坊やは走り出して、洋菓子店のショウウィンドウに向かって立っている母親の足にしがみついた。

冷たく静まりかえったアパートの部屋に帰り着き、カーディガンを脱いでから手を洗ってうがいをして、薬缶を火にかけ、風呂に湯を張り、暖房をつけた。シャツとズボンを脱ぐと、フローリングに剝がれた表皮がパラパラ舞って落ち、凜は粘着クリーナーで掃除した。特に乾燥する頭皮と背中と脛から多く皮膚が落ちる。黒や紺色など、暗い色の上着は付着した皮膚が目立つので人と会うときは着られなかった。

厚手の綿のトレーナーに着替え、アレルギーに効くと白銀に聞いたルイボスティを淹れて息をついた。ベッドに腰掛けると、副交感神経が優位になってわっと猛烈な痒みが押し寄せた。服を摑んでわき腹をゴシゴシ擦り、脇の下、肘の裏、脛をひとしきり搔く。白い表皮がこぼれた。搔き始めると手の動きを止めることができなかった。搔くほどに皮膚の粉が舞った。傍らの、さっき店で買ったコミックの上にも皮膚が積もった。凜はぷっと息で皮膚の粉を吹き飛ばした。痒みを断ち切ろうと凜は顔を両手で二度強く叩いて、深く息を吸って吐いた。床を再び粘着クリーナーで掃除していると、給湯システムの電子音の音律が湯が沸いたことを知らせた。

凜にとっては辛い夏が猛烈な暑さとともに訪れようとしていた。来週から体育の授業は水泳だと瀬野上は宣言した。生徒は歓声をあげた。その自分の感情とはまったくの逆方向へと働く声によって、胃が急激に収縮し、吐きそうになる。緊張すると内臓の不調が必ず起こった。空腹なのにゲップがとまらない。さらに下腹部に刺すような痛みが走った。凜は恐怖した。自分の肌を見たときの級友の反応。笑うわけでもない、バカにするのでもない、ただ気味悪いものを見て息を飲む気配。それらが何よりも恐ろしかった。

水泳の授業の一日目、皆が水着の入ったビニールバッグを振り回しながらプールへ走る中、凜は職員室に控えている瀬野上に授業を休む旨を伝えに赴いた。

「水着を忘れました」

凜は瀬野上に告げた。

事務椅子に体を反らせるようにして座っていた瀬野上は舌打ちをして面倒くさそうに凜をちらとだけ見て「十周」と言った。

「へ」

見学しているように言われると予想していた凜は聞き返した。

「十周走るんだよ」

「グラウンドを、ですか」

「グラウンドじゃない、プールの周りを走れ、走ったらじゃまにならないように脇で見学してろ、日陰には入るな」

わかりました、凜は答えた。たやすいことだ、と思った。走るのは苦痛に違いないが、肌を見せなくて済む。夏の間、プールの周りをぐるぐる走っていればいい。凜は、どうにかプールの時間を切り抜けられそうだと、いくらか気楽な展望を持った。

職員室を出ようとすると、瀬野上はこれを言い忘れたというように凜を呼び止めて「裸足でな」と告げた。

他の生徒らがプールの水に体を慣らしてきゃっきゃと猿みたいに騒いでいる中、凜は袖の長いTシャツを着て、直射日光によって高温に火照ったコンクリートの地面の上を走った。地面は水に濡れて滑らないように細かな凹凸があってざらざらした刺激があった。三周走ったあたりで足の裏に貫くような痛みが走った。徐々に痛みは激しくなっていく。足の裏が熱を持ってきて、炙られた針の上を走っているようだった。五周走って凜はとうとう歩き出した。ピッピと笛を吹いて、プールを泳いでいったりきたりしている生徒らに合図を出していた瀬野上がいつの間にか凜の背後に立って「走れ」と囁いた。不意をつかれて凜は体をぶるっと震わせてそろそろと再び走り出した。足を踏み出す瞬間が一番痛みが強いので、注意深く平行移動するように前に進んだ。油のような汗が醜く顔を流れるのを感じる。照りつける太陽を避けたかった。日陰に入りたかった。本当は一番、水着を着て水に入りたかった。肌さえ健康だったら、と思った。ほとんど歩くようにして十周走り終えて「走りました」と報告したが、瀬野上は煩わしそうに凜に一瞥をくれただけで無視した。

家に帰ると足の裏が赤みを帯びていて焼けるように痛んだ。後で腫れてきそうだった。水泳を免れる代わりに、体育の授業の度にプールの周りを走らなければならない。瀬野上という体育教員は、どうやら例年こういう陰湿な罰を生徒に与えているようだ。ギザギザのコンクリートの上を走ればどうなるか、瀬野上はよくよく知ってのことと思われた。風邪や腹痛や頭痛でしんどくても、父政夫は子供たちが学校を休むことを許さなかったので、凜が仮病を使って休もうとしても意味がなかった。

翌週、水着を忘れて水泳を休みたいと伝えると瀬野上は「お前、俺をおちょくってんのか」

と怒気をはらませて言った。

いいえ、と凜は答えた。

二十周、と瀬野上は言った。

凜は走り始めから歩幅を小さくし、慎重に足を前に出し、できるだけ足裏に体重がかからないようにして歩かずに二十周走りきった。足首から下が茹でたての蟹のように真っ赤になっていた。その夜、負荷をかけ続けたうえに火傷していたのだろう、足裏全体が水膨れになった。真奈に事情を話すと、炎症を抑える市販の軟膏をくれた。凜はこんな足にされたのだから学校に電話して抗議してくれ、と訴えたが、真奈は「水着を忘れた自分が悪いんだっちゃ」と冷たかった。真奈から顚末を聞いた政夫は「ばがだっちゃわ」と軽蔑したように鼻を鳴らした。肌を見せるのが嫌だったのだという本心を政夫に吐露しても、一笑に付されるのはわかっていた。以前、アトピーで苦しんで自殺した少女の話を新聞で知って、それを凜が話すと政夫は腹を抱えて笑った。一晩中、足の裏が脈打つようにジンジン痛み、眠れなかった。

そして三回目の水泳の授業のある朝、始業前に凜は職員室へいった。水着がないと言ったら、瀬野上はなんと言うだろうか、今度は三十周走らされるだろうか、ぶたれるだろうか。職員室の前に立つ度に吐き気がこみあげてくる。何もしていないのに教員に許しを乞うて罰を受ける。

後ろめたいことなどないのに体育教員に弁解して怒りを買い、異常な緊張感を強いられる。どうしようもなかった。

瀬野上はあきれかえったふうに顎をややあげて凜を数秒見てから「二十周走れ、それから反省文を原稿用紙十枚書いて持ってこい」と言った。

凜は、瀬野上がＰＣに向き直って仕事を始めても立ったまま動かなかった。

なんだ、と瀬野上は言った。

「足が痛くて走れません」

凜が震える声を絞り出した。

バカかおまえ、と瀬野上は言ったきりだった。

水泳の時間が始まってもプールの周りを走らずに日陰でうずくまっている凜を立たせて、瀬野上は二度頬を打った。凜は怒りで震えながら目にいっぱい涙を溜めた。それでも肌を晒したくないと言えなかった。肌を見せる羞恥に比べたら、級友の前で叱られたり、叩かれたりするほうがよっぽどましだと思った。小学校の時、水泳の時間に凜の肌を見た女子の悲鳴がいつまでも耳に残っていた。キモチワルイ、とその子は叫んだ。教室では近くの席で、勉強を教え合うこともある子。彼女の叫びで一斉に凜に視線が集まった。男子のひとりが「げえ」と呻く。

ねえねえ、見てみて、と指をさされる。凛を取り囲んで、ひそひそと囁かれる声。かわいそう、かわいそう、かわいそう。

その日の夜に、風呂からあがって扇風機に当たって足の裏にそっと触れると皮膚が破けた。リンパ液で満たされていた水泡が空になって、皮膚と肉の間に空気が入ると、激烈に痛んだ。痛みは二晩続いて、凛は大騒ぎしてその間学校を休んだ。政夫は登校しろと言ったが、真奈が休ませてくれた。三日後、靴下を二枚重ねて履いて学校へ出た。

☆

凛は誰よりも速く雑誌に付録をつける自信があったが、津田はさらに速かった。機械のように一定の調子で輪ゴムが伸び縮みして、パチンパチンと雑誌を束ねていく様は見ていてほれぼれする。凛は、向かい側で作業する津田の白く細い指先を視界の上部でとらえつつ、時々ちらとだけ津田の顔へ視線をやった。前髪が掛かってとがった鼻先しか見えなかった。

横にいた千鳥が「津田さん、はやあい」という声をかけた。

凛は千鳥と津田を交互に見た。

「きゃ、指切った」

千鳥が人差し指の第一関節あたりをくわえた。

すかさず津田が「だいじょうぶ」と子供にでも尋ねるように言い、走って絆創膏を持ってきた。津田さん、やさしい、と森がからかった。絆創膏を指に巻くと千鳥は津田に何か囁き、二人はくすくす笑う。

先日、千鳥と森は津田を誘って飲みにいったらしく、三人の間には長く働くもの同士のような打ち解け合った雰囲気が醸成されている。

あらかじめ雑誌担当者が空けた場所へ、凜が雑誌を積んでいると、白銀も一抱え運んできて
「ありゃ、やったな」と津田と千鳥のほうを顎でしゃくってつぶやいた。

どうかな、やってたらもっと白々しいでしょ、と凜は無関心を装って言った。

あらやだ、凜氏、やったからあんなにくっついてるのだよ、と白銀は体をちょっとぶつけてきて小声で言った。

確かに千鳥と津田のやりとりは恋人同士のような親密さが漂っている。そう思った途端、強烈な嫉妬を覚えた。凜は千鳥が小憎らしくなり、雑誌の手伝いを早々に切り上げた。

開店してまず入店してくるのは、新刊文庫の時代小説を買いにくるじいさんばあさん、週刊

誌目当てのサラリーマン、テレビ誌を購読する主婦などで、一時間くらいすると徐々に店内は混み始める。

十一時、凜は千鳥と一緒にレジに入った。千鳥はとても気が利いた。レジスターの画面が曇っているなと凜が考えていると、千鳥はもう布巾を出して拭いている。ブックカバーも買い物袋も包装用紙も、いつも凜が気づく前に千鳥が補充してくれている。接客も丁寧である千鳥に凜は気後れを感じ、今日は千鳥と津田の親密そうな様子を目の当たりにしたせいか、千鳥の存在を重苦しく思った。

青白い顔で頬のこけた黒縁眼鏡の男が、内股気味の小走りでまっすぐカウンターに向かってきた。凜が「いらっしゃいませ、こちらのレジへどうぞ」と案内すると、その男は急に立ち止まって凜と千鳥を見比べるようにして首を左右に振り、直角に向きを変えて千鳥の前に移動し、無言で注文書の控えをドンと置いた。

「商品のお受け取りでしょうか」

千鳥が聞くと、客は頷く。

注文書の名前を確認して「ちゅうどん様、お待ちくださいませ」と告げ、千鳥は背後に備えつけられている書棚から注文品を探し始めた。

凛はぎょっとした。ちゅうどん、という名前は今まで聞いたことがない。

「ちゅうどんじゃなくてなかいです」

青白い顔の客は言った。

「あ、中井様でございましたか、大変申し訳ございません」

千鳥は頭を下げて再び書棚を探す。

凛は目の前の客の会計をしながら、脇へ目をやり注文書を覗くと、中井の「井」の真ん中に点が打たれている。注文を受けた人が間違ったのか、ちょうどそこへ何かの拍子にペンが当たったのかもしれない。

レジを待つ客がさらに増えた。

中井という顔の青白い客は、後ろに並んで待つ客に気を使ってのことか、自分の会計が終わっていないのにすっと横に退いて譲るような仕草をする。後ろにいた高齢の男性が進み出て本をカウンターに置く。凛は慌てて、自分のレジを操作しながら、隣のレジに進み出た老人に「恐れ入りますが、もう少々お並びになってお待ちください」と言い、中井という顔の青白い客には「今、お客様の本をご用意しておりますので、レジの前でお待ちいただいてよろしいでしょうか」と強い口調で言った。

千鳥は本を見つけて「ちゅうどん、じゃなくて中井様、大変お待たせして申し訳ございませんし」と会計を済ませた。

さらに客が並んだので二人では対応しきれず、ベルを鳴らして応援を呼んだ。雑誌担当の尾形が走ってくる。他のスタッフは接客中か、事務所にいるのか、駆けつける気配がない。

凛の前に買い物かごが置かれた。二十冊ほどのコミックのバーコードを読み込んでいく。客は「全部カバーかけて、あと紙袋二重にしてください」と言い、凛は「かしこまりました」と返事をした。

同時に、脇からぬっと登場した太ったおばさんが列を無視して「すみません、いいかしら」と声をかけてきたので、凛は「お客様、あちらにお並びください」と列の方を示した。電話が鳴り出し、止む。事務所で誰かが電話を受けたようだ。また電話が鳴る。取るスタッフがいないので鳴り続ける。並ぶように言ったのに、横から入ってきた太ったおばさんは列の後方に回らないで「すみません、ちょっとそこのあなた」と依然凛を呼び続ける。

コミックをまとめて買った客に紙袋を手渡し、次の客を案内しようとすると、さっきの太ったおばさんが隙を見てさっと割り込む。割り込まれた客も負けじと前に体を入れ、本をカウンターに置く。凛は太ったおばさんに向かって「先にお待ちのお客様がいらっしゃいますので」

と再三並ぶように促すが、太ったおばさんは「違うの、会計じゃないの、ちょっと聞きたいの」と食い下がる。

「問い合わせも順番にお伺いしますので列にお並びください」

凜は叫ぶように言った。

んもう、不親切ねえ、と太ったおばさんはぷりぷりしながら引き下がり、レジ応援に駆けつけた石綿に気がつくと飛びつくように捕まえて案内を乞う。ち、と凜は口の中で舌打ちをした。後ろに並ぶ客は苛立たしそうに石綿に案内されていく太ったおばさんを見送る。鳴り続けていた電話が切れた。また鳴る。三つある回線がいっぱいになった。

☆

津田さんってぜんぜん助けてくれませんよね、事務所で千鳥が伊藤に愚痴をこぼしている。伊藤が石綿にあえて聞こえるように「ほんとほんと」と同意した。

津田が入社して三ヶ月くらい経っていた。

「さっき、外商のお客さんが、私に伝票作成するの遅いから駐車券を二時間分よこせって騒ぎ出したんですよ、津田さん、近くにいて絶対聞こえてたはずなのにどっかに消えちゃって、あれ、絶対逃げましたよね」

千鳥は言った。

「うん、逃げたよ」

伊藤はまるで店長の過失であるかのように石綿を睨む。

石綿はＰＣに血走った目を近づけてぶつぶつ言いながら忙しそうにキーボードを打ち、とても周りの声は届いていない様子だった。

凜は昨日、千鳥と津田が一緒に駅ビルの洋菓子売場で買い物しているのを見かけた。その時は二人ともくつろいだ様子だったので、千鳥が津田の働きぶりに不満を呈するのは夫婦喧嘩みたいなものかと想像した。

その時、外線が鳴った。石綿はＰＣから動かないし、あと数分で昼休憩である千鳥と伊藤は電話が鳴っても知らない振りをして話し続けている。凜は事務所の真ん中にある電話を取った。

「本の注文」と言う電話口の男の声は低く、口の中に何か詰め物でもしているようにこもって響いた。「今から言う本のタイトルをメモしてそれを読み上げてください」

凜は聞き覚えのあるその声音にすでに激しい嫌悪を感じながら「はい、お伺いします」と答えた。

「はいと言いましたね、それでは申し上げます、いいですか」

凛は黙って待った。

「いいですか、と聞きました、返事してください、いいですか、いいですか、いいですか、いいですか、いいですか」

はい、と凛は答えた。

電話の男は成人向けコミックの卑猥で長々しいタイトルを息づかい荒く述べ立てた。

やはり以前に受けたことのある電話だと確信して凛は「担当に代わりますので」と通話を保留にして石綿に「店長、保留一番にエロ本のタイトル読ませる人からまた電話きてます」と声をかけた。

大きなため息をついて石綿は「お電話代わりました、店長の石綿です」と受話器を取った。すると向こうで電話を切ったのだろう、石綿は受話器を戻して凛に頷いて見せた。

通称「油男(あぶらおとこ)」。その客は女性スタッフに成人コミックのタイトルを繰り返し読み上げさせるほか、アイドル写真集の被写体のポージングなどの内容を口頭で詳細に描写させようとする。

油男は月に一度ほど、夜にミリタリー系の雑誌を買いにきて、必ず女子大学生のアルバイトスタッフに会計をさせた。肩まで伸びた髪の毛が頭皮の油でじっとりと濡れて光っていて、フケがびっしりとからみついている。男の呼び名はこの油っぽい髪の毛によるものだった。

内線でレジの応援要請があり、通路を急ぐと真っ赤なコートを着た高齢の女性客に呼び止められた。

「あの、テレビでやってたの、あれあるかしらね、ええと、なんていったかしら」

「タイトルはおわかりになりますか」

「いえ、それがね、ちょっとわかんないのよ、この間テレビで紹介してたのよ、なんて先生だったかな、有名な先生よ、今すごく売れてるらしいの、その本あるかしら」

「恐れ入りますお客様、タイトルの一部か、著者の名前の一部でもおわかりになりますと手がかりになるのですが」

「いいわ、自分で探してみるから、そういうコーナーはあるかしら、案内してもらえれば自分で探すわ」

そういうコーナーっていってもなあ、と思ったことをつい口にしてしまいながら、凜は「健康の本ですかね」と見当をつけて聞いた。そう、と言うので凜はテレビで紹介され、何度も大々的に新聞広告を打っている本をレジ近くの話題書コーナーから一冊持ってきて「それそれ」と答えた女性に手渡した。

　レジの混み具合が一段落つくと、石綿からサイトウチヨコがきているという内線連絡が入った。サイトウチヨコというのは、幾度となく金券の換金を企てる執拗な性質の人物であった。おそらく金券ショップなどで手に入れたであろう図書カードやクオカードで書籍を購入し、直後に間違って買ったと現金での返金を迫る。繰り返される迷惑行為によって、この人物に関しては返品・交換を拒否するようにと従業員一同周知されていた。

　レジにいる凜の位置から、サイトウチヨコが雑誌売場をうろうろした後、棚を整理していた尾形に何か尋ねているのが見えた。尾形から手渡されたなにかしらの雑誌を持ってサイトウチヨコがレジカウンターに向かってきた。

　凜は雑誌を受け取りながら「いらっしゃいませ、お預かりいたします、お客様、返品交換は一切お受けできませんがよろしいでしょうか」ときっぱり申し渡した。

　サイトウチヨコは首を傾げて「はあ」と白々しく了承し、図書カードで会計を済ませた。案の定、サイトウチヨコは会計を終えて十分後に戻ってきて返金を要求した。

「お客様、先ほども申し上げたとおり、返金はいたしかねます」

　凜は言った。

「え、なんで、間違ったのはそっちでしょう、先月号が欲しかったのに今月号を渡されたんだから」

サイトウチヨコはキンキン響く高い声でわめいた。

すぐに内線で石綿に連絡してから凜が「今、責任者が参ります」と告げると、サイトウチヨコは「二度とくるか、くそぼけ」と罵声を浴びせて石綿がくる前に去った。

同じ日の、夜八時すぎ。何かと店員にいちゃもんをつける西松(にしまつ)という男が来店し、凜が当たった。応対に困る客に続けて当たるというのはよくあった。

凜は、日に焼けた西松とカウンターを挟んで向かい合っている。ジャージのズボンにサンダルという格好だった。旅行帰りだろうか、西松が引いているスーツケースには空港の荷物預かりのタグが付いたままだ。首筋のほこりっぽい日焼けは、南国帰りというより、解体工事現場からあがってきたばかりという印象だった。凜と西松の間には、使い込んでボロボロになった旅行ガイドが置かれている。小口が手垢で真っ黒にくすんでいて、善文堂のブックカバーがついている。西松はそんな状態の本を鞄から出して、申し訳なさそうにするでもなく、のっぺらぼうのような表情のまま間違って買ったので返金して欲しいと言う。凜は断った。

「すると、この店では返品ができないの」

西松はにわかに落ち着かない様子になり、頭を掻いて言った。

「レシートをお持ちでない場合はいたしかねます」

「なんで」

「レシートが当店での販売の記録となりますので」

「え、だってこの店のカバーついてんじゃん」

「はい、確かに当店のカバーですが、あくまでもレシートが販売証明になりますので、申し訳ございません、返金はいたしかねます」

「俺がここで買ったって言ってんだからそれで証明になるでしょ」

「はい、ごもっともでございますが、我々、必ずレシートを確認して対応しております、ちなみにお客様、いつ頃お買い上げでしょうか、事情があっての交換・返品の場合、お買い上げからおおむね一週間以内にお願いしております、お持ちいただいた本はだいぶ使い込んでいるように見受けられますが」

「いつって、この前よ、何曜日だったかなあ」と西松は腕を組んで天井を仰ぎ、考えるような仕草をして見せ「まあ、一週間は経ってないな」と言った。

「では、販売記録を確認いたしますので、お買い上げの日時を教えていただけますか」

「だから詳しく覚えてないよ、とにかく、この前だよ」

ＰＯＳデータを確認すると、一週間以内、西松が持ち込んだ『クアラルンプールディープナイトスポット案内』という本は一冊も売れていない。さらにここ二年間にわたって入荷の記録もない。

「恐れ入ります、お客様、そもそもこちらの商品は当店ではお取り扱いのない商品でした」

凜はこれで応対を終えるつもりできっぱりと言った。

西松の目が据わった。この手の、自ら拵（こしら）えたありもしない店員の手落ちを指摘していちゃもんをつけてくる客というのは粘着質で、ちょっとやそっとでは諦めない。そして要求を拒み続けていると最終的に激高する。

「ここで買ったって言ってんだろ、客のことが信用できねえのか、こらあ」

とうとう西松は怒鳴り声をあげた。

視線が集まった。それから周囲の客がすっと姿を消した。会計にきた女性は引き返した。

「お客様、落ち着いてください、他のお客様のご迷惑となりますので」

凜は言ったが、まったく西松の耳に届かない。

「責任者呼べ」

そう怒鳴られ、凛は助けを求めるようにレジの端っこにいる津田に視線を向けた。さっきから介入を待っているのに、津田は一向にこちらへこない。応対していた客の会計が済んでいるのに、忙しい様子でレジスターの中の紙幣を無意味に数えたり、背後の棚の注文品を整理したり、不自然な動きをして知らない振りを決め込んでいる。そして電話が鳴ると、津田は普段他人任せで出ないくせに、飛びつくように受話器を取った。電話の用件は在庫照会だったのだろう、そのまま書籍を探しに売場へ出ていってしまった。

凛は勤務表を見て、内線で小幡を呼んだ。

「責任者がただいま参りますので、もう少々お待ちくださいませ」

もう西松がきてから三十分以上が経過している。さっきまでレジは五台フル稼働していた。夕方、会社帰りの客で混む時間。レジ要員は問い合わせなどで、しょっちゅう入れ替わる。一番稼働率の高いレジが西松によって塞がれている状況だった。津田はさっき電話をとって本を探しに売場に出たきり戻ってこない。

小幡がくるのが見えた。

小幡は客から見たら、非常に感じの悪い店員だった。棚の場所を聞かれたら「あっちです」と指さす。笑顔は一切ない。声は低い。光沢のあるスーツに、髪型はリーゼント。メタルフレームの眼鏡をかけている。香水をたっぷりつけて、周りを威嚇するような歩き方をする。ホストのような格好でまるで書店員には見えなかった。客からの評判は悪く、冷たい接客態度は時々クレームになった。一方、一緒に働くスタッフに優しく、仕事は丁寧に教えてくれる。常連客や会社上層部にはなぜか小幡をひいきにする人間があった。いけないのはいつも酒の臭いを纏っていることだった。

「それでは西松様」と小幡は名前をあえて呼び、西松の肩を抱き込むようにして「あちらでお話をお伺いいたしましょう」と半ば強引に店の外へ連れていった。

いくらか客を脅かすような小幡のやりかたに冷や冷やしたが、どこか感心する気持ちも凜にあった。

しばらく店の正面口の自動ドアが開く度に、二人の言い争う声が漏れ聞こえてきた。

午後九時前、あと十分で閉店というところで油男が現れた。昼頃電話があったので、油男は夜にでも来店するかもしれないと凜は踏んでいた。

油男は四、五冊の雑誌を両手に抱え、カウンター内にいるスタッフをひとりひとり検分するようにじっと睨んでいる。閉店直前、会計を済ませようとする客が集まって列ができ、油男は最後尾からやや離れてしばらく立っていた。

カウンターには凛と津田と女子大学生アルバイトの畑野がいた。閉店が近くなると、稼働していないレジから順次締め始める。紙幣と小銭を数えてレジを締める作業に畑野を集中させ、凛はレジ会計をこなした。津田は金券の販売額や検定の申し込み数をPCに入力している。

並んでいた客の会計が済み、最後に油男が残った。凛が「お待ちのお客様どうぞ」と促すと、油男は進み出てカウンターに雑誌を置き「あちらの方に会計をお願いしたいです」とレジ締め作業をしている畑野を無遠慮に指さした。油男から石油とゴミの臭いがする。

凛は「申し訳ありません、お客様、対応するスタッフはお選びいただけません」と答えた。

「いいえ」と油男は言った。「いいえ、いいえ、いいえ、いいえ、いいえ、以前はやっていただきました」

「申し訳ございません、そういうことはしておりません」

凛は繰り返した。

「どうしてできないんですか、そこにいるじゃないですか、そこにいる方に会計を代わるだけじゃないですか」

油男は目を貪婪に輝かせて言った。

「あちらのスタッフは別の作業をしておりますので、恐れ入りますが、私が会計をさせていただきます」

凜がそう言って雑誌に手をかけようとすると、油男は雑誌を持ち上げて引っ込めた。そして畑野が作業しているところへ移動して「会計お願いします」と言った。

学生の畑野はどうしていいかわからず、手を止めたまま怯えて凜を見た。

こちらへどうぞ、と凜は元のレジに戻るように案内した。

油男は高く掲げた雑誌をカウンターに置かれたレジ休止の札越しに畑野に差し出す。

お客様、と凜は怒鳴った。

油男は凜を無視して畑野を見つめたまま「会計お願いします、会計お願いします、会計お願いします、会計お願いします」と呪文のように唱えた。

おとなしい性格の畑野は恐怖で過呼吸の発作を起こして座り込んでしまった。凜は駆け寄って畑野の肩を抱いて助け起こし、油男から離して「津田さん助けてください」と訴えた。

津田はＰＣから目をあげない。

そこへ、残っている客に閉店を知らせるために店内を巡回していた千鳥が通りかかった。

油男は千鳥に気づき「あちらの方でもいいです」と言った。

お客様、いいかげんに……、と凜が声を震わせて言いかけたのを千鳥が遮った。レジの状況を見ておおよその事情が察せられたのだろう、千鳥は「いいですよ、レジ代わりますよ」と言い、凜と場所を代わって油男から雑誌を受け取った。千鳥が金額を告げ、代金を受け取り、釣り銭をカルトンに乗せ、雑誌を袋に入れて手渡すまで、油男は脂肪たっぷりの腹部をぐっとカウンターに押しつけて前のめりの姿勢になって千鳥の顔に貪るような視線を注いだ。かわいいね、かわいいね、ねえ、よかったらモデルになってくれないかな、ぼくね、写真撮るんだ、僕の写真ね、雑誌で金賞取った人に見せたことがあるんだ、そしたら雑誌で金賞取った人がね、君の写真はいいねって誉めるんだ、ねえ、よかったら写真のモデルにならない、君はほんとに天使みたいだね、と油男はぶつぶつぶつつぶやいた。

すべての客がはけて正面口のシャッターが閉まると、津田が気楽な調子で「やっかいな客だったね」と言うのを無視して、凜は「ごめんね」と千鳥の袖に触れた。

「いいの、いいの、締めが遅くなるほうが嫌だから」

そう言って顔を背ける千鳥は涙ぐんでいるようだった。レジを出がけに、千鳥は一度戻ってきて津田の前に立ち、右足を後ろに振り上げてから津田の向こう脛を蹴った。千鳥のコインローファーの先が津田の骨を叩く音が鈍く聞こえ、津田は脛を押さえて悶絶した。

☆

三月に入っても寒い日が続いていた。その日も空は曇り、朝はだいぶ冷え込んだ。地震が起こったのは休日で、凜が部屋の掃除を済ませ、美容院に予約を入れているときだった。電話口で美容師がキーボードを叩いて予約状況を確認する気配がし、同時に地鳴りを聞いた。間もなくアパートが大きく揺れ始めた。凜は地震の鎮静をじっと待ったが、揺れは鎮まるどころかドドドドドと急激に増大した。ものすごい振幅と地響きだった。一旦切ります、と凜が言うと向こうも「失礼します」と電話を切った。通話の途切れ際に、電話口から「ガシャン」というガラスが割れるような音と悲鳴が聞こえた。凜は支えを得るつもりで胸の高さの本棚を押さえたが、ハードカバーが一冊足の甲に落ちてきて当たり、転びそうになる。揺れは一向に収まらず、目の前の本棚は飛び跳ねて押し返してくるようだった。姿勢を低くすると、吐き出された本を浴びる形になり、危険を感じて棚から離れた。停電したらしく、ブツっと電気が消えた。揺れは五分以上続いたように感じられた。

本棚は中身を吐き出しきって部屋の中央まで動いていて、背面につけていた転倒防止の金具は外れてぐんにゃり曲がっていた。本とＣＤが床一面に散らかり、ソファもテーブルも元の位置から前後左右にズレて、テレビは前方のベッドの上に倒れている。キッチンの食器棚には観音開きの扉がついていたので食器は無事である。水道をひねると、チョロチョロと水が出たが、やがて止まった。ガスコンロも試したが、火がつかない。しかたないので、凜は大型のパックに着替えと保湿クリームとステロイド軟膏をつめて、自転車で実家へ向かった。

実家でも同じく、電気、ガス、水道が使えなかった。ゲジゲジが這い回るような木造平屋のボロ家だったので崩壊していないか心配したが、激震を持ちこたえたようだ。トイレは、垢と体毛の浮かぶ風呂の水を洗面器ですくって流しているという。ペットボトルのミネラルウォーターを二箱常備しているが、いつまで断水が続くかわからないので、とにかく飲料水を確保する必要があった。実家には父、母、弟の茂樹、三人が住んでいる。そこに凜も加われば、当面の水だけでなく食料も補充しなければならない。茂樹は高校を出てイタリアンレストランでウエイターの仕事をしていて、その日は休みで家にいた。結婚して山形に住んでいる長男の良太は向こうから電話をよこして無事を伝えてきたらしい。必要なものがあれば山形から持ってきてくれるという。

凜はミネラルウォーターを買いに街へ出た。外は寒かった。マフラーを巻いていても衣服の隙間から冷気が入り込んできて、信号待ちで立ち止まるとぞくっと体が震えた。職場に電話してみようと思ったが、携帯電話は通じない。地震が起きてから通信ができず、アプリケーションを立ち上げられず、ソウイチにメッセージを送ることもかなわなかった。

善文堂の被災状況が心配だったので、凜はシエロビルへ足を向けた。傾いた日の光がマンションの窓に反射して眩しく、手庇して見上げると外壁のタイルがあちこち剝がれ落ち、ひびが入っているのがわかった。屋上の貯水タンクががっくり折れている古いマンションもあった。商店は軒並みシャッターが下りている。駅の東側から西側へ抜ける宮城野橋を通ると、片側一車線の道路の上を斜めに横断するようにざっくり亀裂が走っている。車はいちいち徐行してその亀裂を乗り越えている。頭上の新幹線も、橋の下の在来線も止まっていて、車だけが注意深くゆっくりといききしていた。跨線橋から歩行者デッキに抜け、仙台駅の西口へ進んで凜は足を止めた。揺れから二時間以上が経った仙台駅周辺は、密集した人混みで真っ黒だ。タクシーやバスのロータリーではいち早く職場を出て帰途につこうとする人の行列が折り返しながら広場を埋め尽くしている。公共交通網が麻痺していた。広瀬通や花京院方面を見ると、諦めて歩いて帰る人の姿が点々と連なっている。商店街アーケードのほうは、とにかく物資を確保しようと依然営業している店に列を作る人、それからいくらか余裕があってその辺の被害を見て歩く人などが目に留まった。ただ誰もが、どことなく緩慢で、不穏な静けさを醸していた。

シエロビルは無傷でいつも通りの姿でそこにあった。善文堂正面口のシャッターは閉まっていたので、凜は裏の従業員通用口へ回った。シエロビルは災害などの緊急時に避難者を受け入れる施設のはずだったので、善文堂のシャッターが閉まり、オフィス通用口のエントランスホール、エレベーターホールともに閑散としているのが凜には意外だった。

凜は入館証を受け取って非常用電灯の点る薄暗い廊下を通り、善文堂のバックヤードの扉を開いた。

「あ、凜さん」

雑誌担当の尾形が声をあげた。

暗がりに、尾形、千鳥、木村がまるでまだ揺れが続いてでもいるかのように身を寄せ合い、しゃがみ込んでいた。暖房が切れて屋内は外と変わらないほど寒かった。天井からのわずかな明かりの下、立ち上がった三人の顔が浮かび上がる。木村と千鳥はエプロンの上からカーディガンを羽織り、前をかき合わせるようにして腕を組んでいる。

「みんな無事ですか」

凜が聞くと、尾形が「うん、出勤していた人はみんな無事、凜さんも無事でよかった、すごい揺れだったね」と言った。

「本当、すごかった、ここにくる途中、道路割れてたもん」

凜が言うと、尾形が「まじですか」とつぶやいた。

「仙台駅が封鎖されたんだって」

木村が言った。

凜はさっき見た仙台駅前の様子を思い出した。

「駅舎は倒壊のおそれがあるとかで、わたしら電車組だから帰れなくて」

木村さんも千鳥さんも仙石線だもんね、他のスタッフは、と凜が聞くと「徒歩で帰れる人は帰ったけど、店長とオヤカタがまだ売場にいるよ」と木村が答えた。

黙りこくっている千鳥をちらと見て、凜は売場へ出た。

寒かった。フロアは、棚からこぼれた本で埋まり、足の踏み場もない。メイン通路だけ本が寄せられ、かろうじて人が通れるようにしてある。レジ前のスペースで石綿とオヤカタがつながらない携帯電話の画面を睨んでいる。凜の姿に気がつくと、石綿は「おお、凜さん、無事だったね」と言い「あとは津田君の安否がわかれば全員だ」とクリップボードに挟んだ従業員名簿にチェックを入れた。

改めて非常用電灯がぼうっと照らす店内を見回すと、天井からいくつかのスポット照明が外れてぶら下がっている。白い壁を背にして不規則によじれた赤のコードが人の血管を連想させた。そのまま視線を横へ動かすと、防煙垂壁が破損していてガラスがフロアの本に降り注いでいた。柱ごとに掲示されている店内案内表示は、額ごと外れて落ちている。レジカウンターと通路を挟んである文具コーナーはぐちゃぐちゃで商品の被害が甚大であるのが遠目でもわかる。売場中央のエスカレーターホールの吹き抜けでも、上階から落ちたガラスが割れていた。

「凜さん、足下気をつけてよ、たぶんオフィスフロアも同じような状況だから避難者の受け入れを断念したんだ、上層階にいくほど揺れが大きかったみたい」

石綿が説明しながら天井を見上げた。

無事なのは外側だけで、シエロビル内の損害は激しかった。

その時、ゆっくりとビルが揺れた。余震だ。

レジスターやPCが動く、カタカタという音を残して揺れは徐々に引いていった。

ネットニュースかメールを読んだのか、携帯電話に顔を伏せていたオヤカタが「仙台空港に津波が押し寄せたって」とぼそっと言った。

凜は冗談だと思い、笑い声を漏らして「仙台空港まで津波がきたら海側の町はどうなるんですか」と言った。

オヤカタは笑わなかった。丸く髭の濃い顔が、携帯電話の青い光に下から照らされている。凜は総毛立った。さっきバックヤードで見た千鳥の表情が思い出された。

「あれ、千鳥さんの家って」

「矢本だよ」と石綿が言った。「沿岸部の広域に大津波警報が発令されているからね、千鳥さん、気が気じゃないみたい、全く情報入らないし、とにかくレジは締めたから、俺とオヤカタが車で帰れない人を家まで送ることになってる、店のことは後だ、明日以降はシフトに関係なくこれる人にきてもらって最低限の片づけをしよう、まだ余震が続いているからね、同じ規模の揺れも覚悟しなきゃ」

防災センター横の自動販売機でミネラルウォーターを凜が二本買い、尾形が二本買うと「売切」という表示が出た。後から買いにきて「え、水が売り切れてるじゃないの」とため息をつく木村に凜は一本譲った。木村は他に炭酸飲料を数本買うとリュックサックに詰め込んだ。自動販売機がぐらぐら揺れた。余震が続いていた。

帰りにコンビニで水を手に入れようと思っていたら、営業を続けている店にはどこも大行列ができていた。諦めて実家へ帰ると、ミネラルウォーターが二箱玄関に積んであった。つい先ほど、山形から良太夫妻が水とカップラーメンを届けてくれたという。水が手に入ったかどうか聞かれて凜が五百ミリリットルのペットボトルを見せると、真奈は顔をしかめた。政夫が会社から帰ると「なんだ、おまえもいたのか」と言われた。

良太は役に立つ、と政夫は言った。なあ、真奈、あいつに投資した甲斐があっただろ、こいつらを見ろ。政夫は、片づけの途中で手に取った漫画本をのめり込むようにして読んでいる茂樹と、ペットボトルの水を一本持って突っ立っていた凜を顎でしゃくった。真奈は「だあれ、そもそも努力が違うんだもんさ、良太に比べたら、この人たちなんて何も苦労しらねえんだもの」と政夫に同意した。

二、三日したらアパートに戻ると凜が言うと、政夫は「おめえは、ただ飯を食いにきたようなもんだな」とだけ言った。

その夜はカセットコンロで湯を沸かしてカップラーメンを食べた。それから各自、薬缶に残った湯でタオルを濡らして体を拭いた。電話とインターネットは終日使えなかった。夜、凜は仏間に毛布を重ねてかぶって横になった。押入から引っ張り出してきた布団はカビ臭く、ダニのせいか、ひどい痒みにおそわれて夜通し寝られなかった。敷き布団が薄っぺらくて、翌朝首も腰も石化したようになって体を起こすのに難儀した。

いつもの早番の出勤時間に合わせて凜は家を出た。途中営業しているコンビニに寄ると、食料品と飲料はほとんど売り切れていて、口にできるものといったら飴やガムくらいである。

シエロビル裏の従業員通用口に集まったのは石綿、白銀、木村、尾形で、凜を入れると五人だけだった。ビルの中が薄暗いので、石綿は建物に入る前に出勤者の名前を手帳に記録し、その間それぞれ家族の安否や昨夜の過ごし方などを報告し合った。

「凜さん、顔赤いよ、アレルギーひどいの」

白銀が小声で凜に聞いた。

「うん、昨日実家帰って畳の上で寝たらひどくて」

凜は自分の頬を指先で触れた。今朝鏡を見たら、ヤスリで擦ったみたいに顔の肌が荒れて粉を吹いていた。

「あら、あれ小幡さんじゃない」

木村が指さすほうから、小幡がふらふらした足取りで数歩おきに線路沿いのフェンスにもたれながらやってくる。十メートルくらい離れたところまできて、小幡は両腕で×印を作って「今日なしだろ」と叫び、片手に持ったワインのボトルをあおった。飲み口から酒がこぼれて地面に滴る。今日の小幡は整髪料をつけていないので、長い前髪が目にかかっている。リーゼントでないと誰だかわからない。

ポケットからまた手帳を取り出して小幡の出勤を記録してから、石綿は「小幡、おまえ大丈夫か」と呆れかえって声をかけた。その言い方には長年同じ会社で働いてきた部下に対する複雑な感情が込められていた。

小幡は尾形に倒れかかるようにして肩を抱き「おい、なに笑ってんらよ、こらあ、おかしいことでもあんのかあ」と絡み、尾形は「小幡さん、しっかりしてくださいよ」と小幡の腕から逃れようとする。絡み合う二人を残して一同はミーティングをするため館内に入った。

その日は、非常用電灯のみの薄暗い店内で一時間ほど被害の様子を見て回り、復旧の順序について話し合っただけで解散となった。

防災センターの横の自動販売機は、昨日残っていた缶コーヒーも含め、全て売り切れていた。

翌日も同じメンバーが集まった。前日ほどの酩酊状態でなく、ほろ酔い加減の小幡は段ボールを担いで現れ「救援物資だ」と言ってみんなに見せた。段ボールの中には土産用の焼き菓子がぎっしり詰まっていた。商店街アーケードのはずれにあって、常時盛況であるタルト屋の商品だった。

おまえ、これどうした、と石綿はまるで小幡がよからぬ手段でこれらを調達してきたかのように、咎める口調で聞いた。

もらった、と小幡は言った。

毎日酒を飲まないといられない小幡は、地震直後にもかかわらず営業を続けている横丁の居酒屋で、タルト屋の営業員と居合わせた。その男は東京から納品を兼ねて営業にきていて被災し、営業車に寝泊まりしていたが、夜に食い物に困って居酒屋にいき着く。そしてカウンターで隣り合った小幡に、タルト屋が閉まってしまったのでちょうどいいと、いき場のない商品をただでくれたのだという。凜はそれより、営業している居酒屋があることに驚いた。

すぐに一同、店内の片づけ作業に入ったが、小幡は「お菓子は帰りに山分けだ」と告げたまま、どこかへいなくなった。マスクと軍手を装備して、全員でまず資材の破片や天井から落下したガラスなど、危険性のあるものを除去し、倒れた什器を起こして回った。それから箒とモップで軽く清掃をした。この日も二時間程度の作業だった。

バックヤードで翌日の工程について話している途中、凜は大きなくしゃみをした。

「あら、凜さん、風邪じゃない」

木村が言った。

「寒気がする」

凛はぶるっと震えた。一度鼻をかむと、鼻水が止めどなく流れ出した。館内なのに吐く息が白い。

その時、蛍光灯がぱっとついた。皆一斉に声をあげた。冷え切った空気に数人の乾いた拍手の音が響いた。石綿は二日間作業は休みにするから各自で体調を整えるように、と言った。凛は菓子を抱えて多少楽観的な気分で実家でなくアパートへ帰った。

☆

アパートに帰ると、トイレを流す水がないことに気づいた。どうしようか考えた末、自転車に空のペットボトルを詰め込んで、広瀬川から水を汲んでくることにした。一時間かけ、苦労して水を運び入れた後で、水道が復旧しているのを知り、力が抜けて凛は台所に座り込んだ。それにシエロビルの水道が使えていたことも今更ながら思い出し、体調不良を押して水汲みを決行したことを悔やんだ。目が回って冷蔵庫にもたれた。軍手が川の水で濡れ、手が凍りそうなほど冷たい。体が鉛のように重く、頭が締め付けられるように痛い。寒気が治まらず、ぞくぞくする。熱を測ると三十九度近くあり、凛は体を投げ出すようにベッドに横になった。電気と水道が復旧した。あとはガスだけだった。暖房をつけて布団をかぶっても足が冷える。湯に浸かりたかった。

夜、猛烈な痒みにおそわれた。ただでさえ、空気の乾燥する冬季はひどく痒く、肌の状態が悪化する。お湯が使えず、ぬらした布で体を拭くだけでは、皮膚を清潔に保つのが困難だった。強いステロイド剤を処方してもらいたかったが、この緊急事態の中でどこの皮膚科もやっていない。残り少なくなった塗り薬を少しずつ使うしかなかった。

長く辛く苦しい時間を凜は味わった。ベッドに入り、掻き始めると手を止められなかった。激しくひっ掻くことで皮膚は熱を持ち、痒みが増幅する。掻き壊されてバリアを失った皮膚はちょっとした刺激や異物に敏感になり、皮下の肉をえぐりたくなるほどの強い痒みを引き起こした。

始めに腕を組むような姿勢で、両腕を掻く。それから顔を掻く。額を掻くと頬が痒くなる。肩を掻けば脇の下が、腹を掻けば背中が、尻を掻けば股が、膝の裏を掻けば膝小僧が痒くなった。熱に浮かされ、頭がぼうっとして息を詰めて必死に掻く。痒みという感覚のみに占められた真っ暗な頭を静めることも、掻く手を止めることもできない。服を摑んでわき腹をごしごしこすり、また爪を立てて腰を掻く。脛を掻く。

一度起きあがれ、一度ベッドから出て肌を冷やせ、そう自分に言い聞かせるが、手が反復運動をやめない。叫び声を出したい衝動にかられて歯を食いしばり、痙攣したように足をピンと伸ばす。う、う、と凜はうなった。この焼かれるような痒みから逃れられるのなら、呼吸が永遠にとまってもかまわない、と凜は思った。少しの間でも掻く手をとめようと髪の毛を両手で摑んだ。しかし指は開かれ、頭皮を掻き出す。かさかさに乾いた頭皮にやがてリンパ液がじくじくと染み出してくる。利き腕でもう一度髪の毛を摑む。するとぼそっと髪の毛が抜ける感触があった。指にからみついた毛をベッドの横に落とす。今度は首を掻く。掻く、掻く、掻く。首がまた黒くなる。象の皮膚になっていく。

深夜、凜はトイレに駆け込み、便座に座ったまま気分を落ち着けようとして長い時間を過ごした。激しい疲労感があった。排尿して水を流す。便座に舞い落ちた皮膚のかすをトイレットペーパーで拭う。保冷剤を手にしてベッドに戻ると、じわじわと痒みが再燃する。眠りたい眠りたいと思っているうちに、枕が涙と血で汚れ、窓の外の空が明るくなってくるのだった。目覚めると言うより、半端な眠りを諦めるという感じで凜はベッドから降りた。夜通し、もう少し辛抱すれば、向こう側の眠りの領域にいけるという線を越えられずに、疲弊して朝を迎えた。全身にひりひりした痛みを感じる。頭皮から、足の甲まで肌が掻き壊されている。特に頬、肩、肘、腰回り、膝から脛へかけての皮膚は極度の乾燥状態を通り越して擦りむけている。枕元の手鏡を見ると顔が赤黒い。頬骨の周辺がひどく、ひっ掻いた跡が擦りむけている。枕にもシーツにもあちこちに血がついていた。布団を剝ぎ取ると皮膚のかすがびっしりこぼれている。そして床に髪の毛が一摑み束になって落ちているのを見ると青くなった。頭皮の激しい痒みに耐えきれず右耳の上の髪の毛を力一杯握ったせいでごそっと抜けたのを思い出した。凜は手鏡を壁に投げつけた。

凜は寝込むようにして二日休んだ。

大地震から六日め。十人ほどが出社し、いよいよ本格的な復旧作業に着手することになった。先日の清掃でガラス片などの危険物は除かれているので、まずこぼれた本を棚に戻す。無傷で継続して販売できる本と破損、または汚損した本に分ける。除いた本をさらに返品できるものと返品できないものと交渉が必要なものに分けていく。

熱は下がったものの、鼻水がとまらず、凜は箱入りのティッシュペーパーを脇に置いて仕事をした。そうまでして出勤してきたのは、アパートの部屋にいても不安で落ち着かず、働いているほうが気が紛れるからだった。家にいると痒みがひどく、映画を見ていても、本を読んでいても集中できず、じっとしていると自然に体を搔いてしまい、皮膚の状態が悪化した。

午後三時くらいには落ちている本はなくなったが、大量の返品が出たために棚に隙間が目立った。仕方なく空いたところは面陳を増やし、どうしても埋まらなければそのまま空けておいた。不思議なことに、店の東半分の医学書や人文書は平積みの本も棚差しの本もことごとくフロアに流れ落ちていたのに、西半分の文庫本や文芸書は半分くらい書棚に残っていた。同じ建物内でさえ、場所によって揺れの強さや向きで違いが生じたようだった。

帰り道、凜はスーパーに寄って列に並んだ。入り口でコートにスラックスという格好の男が、十人ごとに区切って客を店内に案内していた。三十分待って店内を回ると、欲しかったパンやカップラーメンの売場は空っぽだった。一方でスナック菓子やチョコレートの特定の銘柄は豊富である。菓子類はぽつりぽつりと入荷があるらしい。買い物は一種類につき一点、合計十点までという決まりがあった。凜は煎餅、魚肉ソーセージ、みかん、つまりは店頭で目に付いたものを適当にかごに入れてレジに向かった。レジ手前のワゴンにウグイスパンがひとつだけ残っていて、それも買って帰った。通りがかった八百屋にもやはり行列ができていて、奥さんらしい人が商売魂を発揮して呼び込みをしている。中を覗くと果物や豆腐に普段の倍の値段が付いていた。

ソファに寝っ転がって携帯電話をいじると、オンラインになっていて試しに白銀に「明日出勤する？」というメールを送るとすぐに「出るよ」と返信がきた。ソウイチにメッセージを送ろうと、アプリケーションを立ち上げようとしたが、できなかった。サーバーのトラブルか、配信会社がなくなったか、とにかく使えなくなっている。先日ソウイチにネクタイをプレゼントするためになけなしの五千円を課金したばかりだった。毎日メッセージを見るのがあれほど楽しみだったのに、使えないと知ると、実に取るに足らないものと思えた。

どんぶりに入れたそうめんを電子レンジで茹でて夕食にして、その後で九十九円で買ったウグイスパンを食べた。最後にパンを食べたのは、ほんの二週間ほど前なのに、数年ぶりで口にしたようだった。強烈な甘みが口の中に広がり、マーガリンの香りが鼻を抜けた。着色料で餡の色が不自然なほど発色がよかったが、身にしみてうまく感じた。

☆

地震から十一日後の三月二十二日朝、善文堂仙台シエロ店は十時の開店を控えていた。店先にテントとテーブルとレジスターを設置して話題書のみ販売して営業を続ける書店を除いて、善文堂はいち早く営業再開にこぎ着けた。

「シエロビルショッピングガーデンで店を開けるのは一階フロアの善文堂のみなので、通常十時から二十一時までの営業時間を十八時閉店とします、全館営業再開も近いです」

石綿は朝礼で語った。

朝礼の後で石綿は凜が黒のヘアバンドをしているのに気づいて「それ開店したら外してね」と言った。凜はその場で外して石綿の顔を見た。石綿の目が凜の視線からややずれて右側頭部の髪が抜けて地肌がむき出しになっている箇所に移った。石綿は「ああ」と言ったきり、いいとも悪いとも言わず事務所に消えた。

もう十日間新刊の入荷がない。毎日数百という新刊書籍と雑誌が市場に出るが、地震以来全て入荷が停止している。仙台シエロ店の営業再開に合わせて、トラックを手配した関東の善文堂の店舗より、地震の後に発売された週刊誌、マンガ雑誌、女性誌、語学テキストのうち主立った銘柄が届けられた。その移動してきた荷物から、定期購読の客の分をある程度まかなうことができて雑誌担当の尾形は大いに喜んだ。

こんな時、誰しも本を読むどころじゃないだろう、という従業員一同の予想は外れ、午前十時にオープンした善文堂仙台シエロ店に大勢の人が押し寄せた。次から次へと客がやむことなく流れ込んでくる。

数十分でレジに行列ができた。凛を含め、出勤している従業員はひたすらレジ会計をこなした。いらっしゃいませ、と凛は平常時の二倍の声量で客に呼びかけた。店内は騒然として客の話す声を聞き取れない。会計を待つ客の行列が、北側メイン通路から奥の人文書売場まで伸びているのがレジカウンターからでもわかる。石綿が急拵えで作った「最後尾」というプレートを掲げてバックヤードから出てきて人員整理を始めた。

テレビとラジオでは地震と福島第一原子力発電所の事故の情報以外は語られない。今まで、なんでも知りたいことは知り得ていた状況から放り出され、被災情報だけが人々の脳味噌に注ぎ込まれ続けていた。常に新しい情報が上書きされていく世界にひびが入り、時間が止まった。

平常時でさえ、途切れることなく声をかけられて問い合わせの対応に追われているのだから、その何倍もの件数をこなすのは物理的に不可能だった。客を待たせたり、応対すらできない場合もあった。凛は通路で密集する客の足を何度か踏んづけてしまって怒鳴られたり、肩をぶつけたり、肘で突かれたりした。店内は仙台七夕まつりの商店街のようになっていて、客から在庫照会を受け、本を探しに目的の棚にいき着くまでに何度も別の客に引き留められた。新刊はどこだ、今日は男性誌の発売日じゃないか、週刊誌が見あたらない、などと声をかけられる。信じがたいことだった。まだ広範囲で水道もガスも復旧が進まない。物流が完全に止まっている。食うものだって満足に手に入らない。コンビニの棚は空っぽだ。沿岸地域では津波から逃れて命ひとつで避難所で雨露をしのいでいる人らがいる。食うことよりも、眠ることよりも、寒さで震えながら家族や友人の無事を祈る人がいる。今、この瞬間に一分一秒を真っ暗闇で過ごす人がいる。それなのにどうして新刊本が、大地震がなかったかのように、いつも通り入荷して店頭に並ぶということがあり得るだろう。

「新刊が入らないだと」雑誌を買いにきた高齢の男性客が怒鳴った。「本屋が本を仕入れないでどうするんだ、天下の善文堂がそんなんでどうする、二度とこないよ」

申し訳ございません、と凛は頭を下げたまま去る客を見送った。

「なんで注文できないんだ」とまた別の男性客は希望の本を取り寄せられないと聞くと怒りを露わにして唇の脇に白い泡を溜めてまくし立てた。「今すぐ用意しろって言ってんじゃないんだ、物流が止まっているのは知ってるよ、当たり前だろ、だから復旧して本が届いたら連絡くれって言ってるんだ、それだけだよ、どうしてそれができないんだよ」

凛は深く頷くように何度も頭を下げた。

ようやく注文を諦めたその客は本のタイトルを書き込んだメモを凛の顔の前で見せつけるようにくしゃくしゃに丸め、フロアに叩きつけて帰っていった。

「おい」とまた別の客が怒鳴る。ジャージ姿の白髪の男性が会計を待つ列に並ばずに、レジ横の検定などを受け付けるインフォメーションカウンターに立っている。「ここに金置いていくからな」とパズル誌の表紙を、他の客の会計をしている凜に見せる。

お客様、お並びください、と凜が叫ぶ。

するとジャージの男は激高して「ばかやろう、並んでられっか、この」と握りしめていた小銭を凜に向かって投げつけた。カウンター内のスタッフと会計中の客は悲鳴をあげて一斉に頭を伏せる。小銭がフロアに散らばる音が響いた。ジャージの男は本を持ったまま出ていってしまった。誰も現場を離れて男を追いかけられない以上、散らばった小銭がパズル誌の代金通りであることを期待するほかなかった。

いつも外商を通して本を受け取っている女子大の女教員が「駐車券を多めにちょうだい」とごねる。「待たせたのはそっちの責任でしょ、外商がストップしてるっていうからちゃんと並んで買ったんだよ、駐車券くらいサービスするのが筋じゃない」

凜は、興奮して大きく開いた女教員の鼻の穴を見つめた。熱に包まれて、汗が全身ににじむのを感じた。熱は凜自身から発せられていた。立ち上る湯気が見えるようだった。凜は女教員の首を絞める自分を想像した。女の顔がみるみる紫色に変色していく、口から泡が漏れる。ぶるぶるっと全身を震わせたかと思うと、一度に力が抜ける。大きな鼻の穴から血が流れる。女教員は崩れ落ちる。

「ちょっとあんた、聞いてんの」

女教員は凜の放出する熱気が届いたというように眼鏡を曇らせて言った。

お客様、これ以上駐車券をお出しできません、凜はきっぱり言った。

どうにかこうにか出勤してきたスタッフが寄り合い、店を復旧させていく作業は、それに没頭することで明日どうなるともしれない震災後の不安を一時でも忘れられるものだった。作業がいくらか癒しとなった。しかしいざ店が開いて接客に当たると逆にきつかった。現実を突きつけられた。多くの人がいきり立っていた。

営業再開一日目を終え、踏みしだかれたワカメのような気分でロッカールームに入ると木村が隅で泣いていた。凜が「疲れたね」と年上である木村の肩に手を置くと、ハンカチをくわえ込むようにして口に押し当てていた木村は黙って頷いた。木村の気分が伝播して凜も涙がこみ上げてきた。

「凜さん、お金投げつけられてびっくりだね」

木村は顔をあげて言った。

「うん、あれじゃ万引きだね」

凛が言うと木村はうふふと笑った。

クロスワードのパズル誌を持ち去った客がレジカウンターに撒くように投げた硬貨を凛が拾い集めて数えると百三十円しかなく、パズル誌の代金五百九十円に満たなかった。

翌日以降も大混雑は続いた。徐々に元の業務に戻して軌道に乗せていこうと考えていただけに、圧倒的な客の入りに従業員全員が困惑していた。短縮営業にもかかわらず、一日の売り上げは地震前の通常営業日の三倍に達する日もあった。それをいつもの半分の人員でこなした。人の役に立っているという充実感や達成感はなかった。客が押し寄せる一方で、なぜこんな緊急事態の中で商売をしているんだ、自粛すべきだろう、という意見を訴える電話を凛は受けた。火事場泥棒のようなことをあなたたちはしている、とその男性は口にした。

いわばフィーバー状態の日々の中、店長石綿は朝礼で「今は戦争だ」と声高に叫んだ。凛は横を見て、他のスタッフの反応を窺った。皆の陶器みたいに無表情の横顔が並んでいる。

新刊の入荷が未だないので棚にますます隙間が目立ってきた。それでも本は売れ続けた。客は本を数冊抱えてレジに並んだ。会計の後に、こんなときに本が買えて嬉しいと言ってくれた客もいた。そのうち物流がぽつぽつと動き出し、営業本部から支援物資が届くようになった。

善文堂オリジナルカレーの缶詰や米が送られてきたときは皆手を叩いて喜んだ。ある日、関西の店舗からずっしりと重い箱が届き、これは米だな、と石綿が嬉々として荷をほどくと菓子類と一緒に詩集が五、六冊入っていた。石綿は詩集を取り出してぱらぱらページをめくり、正面にいた凜の顔を見た。

ポエムですね、と凜が言うと、ポエムかあ、と石綿がつぶやき、一同笑った。腹に力が入ったせいか、何人かの腹が「ぐう」と鳴った。

市内の他の書店も営業を再開し出すと、善文堂への来店客の過密は徐々に緩和されていった。物流が動けば、血が巡るように物資がいき渡った。しかしそれは中心部に限ったことで、津波によってことごとく破壊された沿岸の町は、壊死したように物流が滞り、なにもかもが不足し、住民は手つかずの瓦礫の中であえいでいた。津波によって家を失った千鳥は家族とともに避難所から内陸の親戚の家に身を寄せ、住む場所を探していると凜は聞いた。

強い余震が何度かあった。足下が揺さぶられる度に、凜は無意識に体に力を込めた。つい先日、凜が中年の女性客から絵本のギフト包装を承ったときにゴゴゴという地響きとともにビルが揺れた。石綿が事務所から飛び出してきて「中央通路に避難してください、このビルは安全です」と大声で繰り返して店内を回った。凜は震度四程度の揺れと感じ、包装用紙を折る姿勢のまま待機していた。すると凜に包装を頼んだ女が「もういいから、早くよこしなさい」と金切り声をあげた。

　もう少しで包み終わるというところだった。

「子供が車で待ってるのよ、もたもたして」

　女はまるで地震の責任の一部が凜にあるかのように怒鳴る。

　まだ途中ですが、と凜が本を差し出すと、女はむしり取るように品物を摑んで走って消えた。

　地震から二ヶ月経った頃、親戚の家から自治体が借り上げた東松島市内のアパートへ引っ越して生活していた千鳥が出勤してきた。以前から痩せ形の体型だったが、頰がこけて薄化粧のせいか血色が悪く、髪の毛が痛んでいる。避難所から住む場所を転々として味わったはずの心労がありありと窺われた。千鳥を皆で囲んでいるとき、凜は津田の反応を見たが、気にとめていないようであった。二人は地震の前はあのように親密であったのだから、連絡は取り合っていてあえて皆のいるところで話すこともないのかもしれない。

　同日、営業本部から店舗事業部長の島袋（しまぶくろ）という人物がやってきて朝礼で挨拶した。

「まず、被災した従業員のみなさまに心からのお見舞いを申し上げます、苦労されたことでしょう、東京も同じく大混乱に陥りました、このような時こそ人々のつながりが大切になります、一緒にこの難局を乗り越えていきましょう、シエロ店のみなさんには本当にがんばっていただきました、大変な状況下でスタッフ一同が力を合わせ、仙台の書店の中でもいち早く営業再開を実現させたことはすばらしいです、みなさんも誇らしいでしょう、おかげさまで四月は前年比にして倍に迫る売上を達成することができました、この数字を実現できたのもみなさんの底力があってのことです、まだまだ売上増が見込めます、この調子で引き続き好調を維持していきましょう」

好調、という言葉が凜の耳に残った。困憊しながらも踏ん張って出勤して、食うものも食えず、震災と安月給に苦しむ書店員を島袋は鼓舞した。

空気が温度を失い、冷え冷えとして死んでいった。従業員の生気がみるみる失われ、いくらか残っていた積極的な展望も崩れ落ちていくのを凜は肌で鋭敏に感じた。精彩が失われ、視界が灰色を帯びてくすむ。島袋の話を聞いて、誰かが何かつぶやいたわけでもなければ、嘆息を漏らしたわけでもない。それなのに朝礼がしめやかに営まれる葬儀のような雰囲気を醸していて、悲しみというより空しさが漂う。

自動販売機に徹しなければいけない、と凜は思った。心を動かしてはいけない。体だけ動かしていればいい。目をつむるとチカチカと光がはじける偏頭痛の前兆があった。

二〇一一年夏、出版社と芸能事務所共同の震災復興支援企画として男性アイドルポップデュオの「みかんず」のひとり、モーリス神田（かんだ）の握手会開催が決まった。先月、モーリス神田のエッセイ本の発売と合わせてイベントをやれないかと出版社の営業である板橋（いたばし）という男から打診があった。石綿は迷っているようだった。作家ではなくて歌手のイベントは実績がなく、どの程度の集客があるかというデータがない。人が集まらない可能性があり、逆にファンが殺到したときの対応にも不安がある。それでも凜がやりましょうと推すと、石綿は了解してさっそくシエロビルとの交渉に入り、会場として一般買い物客の目につかない五階の会議室を手配した。

新刊発売日の一ヶ月前に情報解禁し、二週間前から前払い予約を店頭のみで受け付ける方針が定まった。参加者は発売当日に会議室にてモーリス神田と握手して本を受け取るという流れだ。定員は百人、先着順である。凜は店内各所にポスターを掲示した。

予約受付開始当日の朝、凜が出勤するとバックヤードで石綿とシエロビルの社員数人が円になって話し合いをしていた。口調や表情から切迫した雰囲気が伝わってきた。凜の顔を見ると石綿は真っ青な顔で「おい、まずいことになった」と言う。

「おはようございます、どうしたんですか」

凜は聞いた。

「大行列ができている」

「ああ、先着順だからですよね」

「そう、そうなんだけど、五百人くらい並んでる」

凜は驚愕して「五百人」と叫んでから五百人とはいったいどのくらいだろう、と想像した。うまく情景が浮かんでこない。

「オープンと同時にパニックになるよ」

石綿は言った。

悩ましいというようにシエロビルの社員らは腕を組んだり頭を抱えたりしている。少し離れて芸能事務所の千葉（ちば）という男が仕分け台に寄りかかって、ずんぐりした体型をしている出版社の板橋に何か話している。この二人は予約開始日なので様子を見にきただけで、どこか他人事のように緊張感が薄かった。

凜は不安になった。五百人がスタッフ三人のレジカウンターへ群がり、周辺がすし詰め状態の大混乱に陥る様子がようやく凜の目の前にはっきり現れ出した。

エプロンをつける前に、従業員通用口から出て表に回ってみると、本当だ、最後尾が見えないほどの人の連なりがある。善文堂の入り口から始まる列は、シエロビルのオフィス側のエントランスであるアトリウムを横切り、外のベンチのある広場を一周し、それから一般道路まで続いている。

ふと凜は列の中に見覚えのある顔を見いだした。万引き犯の「ケツマガリ」がポケットに手を突っ込んで並んでいる。近隣の書店で文庫本を数冊盗んで、微罪扱いで放免された男である。善文堂でも犯行に及んでいるようだったが、着手、隠匿の現場を押さえられずにいた。二十代の男で歩くときに大きな尻が右に振られるので、石綿が「ケツマガリ」と名づけて要注意人物としてマークしていた。

通り過ぎるふうに列に近づくと、知っている顔はケツマガリだけではない。予約や注文をしてキャンセルするといった迷惑行為を繰り返す転売屋の乾(いぬい)、金券を換金しようとするサイトウチヨコ、ハードクレーマーの西松、執拗な問い合わせで店員を一時間も二時間も拘束するアメリカ人のミスターヘースティング、さらにブラックリストにある痴漢、盗撮魔、そして油男……。まさにオールスターの面々が勢ぞろいしていた。

凛は駆け戻って石綿に報告したが「そんなことはどうでもいい、とにかく、パニックを避けることだけを考えろ」と怒られた。確かに迷惑な客より混乱を阻止しないと、下手したらけが人が出る。集結しているオールスターよりも行列をどうするかが切迫した問題だった。

恰幅のいい白髪の男が口を開いた。シエロビルショッピングガーデンの責任者小森（こもり）である。小森は先着順をやめて抽選にするように忠告した。けが人が出たら誰が責任をとるのかということだ。これには書店をはじめ、版元も芸能事務所も従うしかなかった。どちらにしても混乱は起きる。急に抽選になったと一方的に宣言したら、朝早くから並んだファンらはすんなり納得しないだろう。たぶん、制御しきれない、と凛は思う。何時間も前にきたであろう最前列の集団は熱狂的なファンに違いなかった。

開店三十分前、アトリウムに凛は拡声器を持って立ち、脚立にのぼった。

本日は大変朝早くからご来店いただき誠にありがとうございます、と一通りの挨拶を済ませ、予約の受付は先着順ではなく抽選になったと伝えると、果たして混乱が起きた。

アトリウムは騒然となり、一瞬で恐慌に陥った。列の先頭集団は男も女も言葉にならない罵詈雑言をわめき散らす。一方、後方の人は抽選になり、チャンスがあると知って喜んでいる。また、アナウンスを聞き取れなかった人が、状況を知ろうと団子になって膨れ上がりながら前へ前へずんずん迫ってきたせいで、前方の列が崩れた。石綿やシエロビルの社員が両手を広げて「列のままお待ちくださいっ」と呼びかけ、凜も拡声器を口元へ持っていって「お下がりくださいっ」と怒鳴った。

先頭の集団は下がるどころか、少しでも前へ出ようと体を前後に揺らしながら進もうとする。

「ふざけんな」

「徹夜で並んだんだぞ」

「そうだ、いつまで待たせる」

「定員が少なすぎるんだ」

「モーリスさんを誰だと思ってんだ」

「モーリスさん、なめんな」

「モーリスさんにあやまれ」

「責任者出せ」

客は暴徒と化した。

憤怒が伝播したのか、抽選になってチャンスを得たはずの後方の人たちまで訳もわからないまま列を崩して騒ぎ立てながら館内に流れ込んできた。外にいて拡声器のアナウンスが聞こえず、まだ先着順だと勘違いしている人も必死になって前進してくる。

「下がってください、下がってください、落ち着いてください、下がってください」

凜は右手に拡声器を持ち、左手を高くかざして脚立の上で背伸びをしたまま叫ぶ。その時、足下に水のようなものがかかった。中年女性が顔を真っ赤にして缶ビールを振り回している。ふと凜はその隣でひときわ騒ぎまくっているチンピラ風情の男三人に気づいた。この三人がわっしょいわっしょいと祭り御輿を盛り上げる音頭取りのように、最前線で騒げ騒げと手振りを交えて煽動していた。

火をつけていたのはこいつらか、と凜は怒りを覚えた。下がってください、と意地になって叫ぶ。下がって、下がって、下がって。

「ふざけんな」

客は凜に反発する。

ペットボトルやチラシを丸めたものが飛んできて、主催側に降り注いだ。凜は投げつけられる物体をしゃがんだり、体を反ったりしてよけた。鼻の下になにやら柔らかいものが当たって下に落ちた。触れるとべたべたして甘い匂いがする。床にホイップクリームがはみ出したワッフルが落ちている。凜は一度脚立から降りてハンカチで顔を拭った。

そこへ女が近づいてきた。

「ちょっとあなた、抽選ってどういうこと、長時間並ばせておいてそれはひどいんじゃない」

凜は頭を下げる以外にどうしようもない。

「頭下げたってしょうがないのよ、どうしてくれるのよ」

凜は半ばその女を捨て置くように「お並びになってお待ちください」と言い、もう一度脚立にのぼろうとした。女は「ちょっと待ちなさい」と凜のエプロンの紐を引っ張る。

凜がその女と問答をしていると、子供の泣き声が聞こえた。母親が男の子の手を引いて「通してください」と人の密集から抜け出ようとしていた。大きな塊から吐き出されるように母親は横向きに転び、男の子がそれに覆い被さった。途端、あまりの圧迫に耐えられなくなった人の塊が外へ外へと動き、母子が倒れたほうへぞろぞろ流れた。ひとりが母親の足下で泣いている男の子の上に転ぶと、将棋倒しになった。悲鳴があちこちであがった。

凜は小森と一緒に四、五人重なっている山を掘るようにして男の子を引っ張り出した。

そんな中、外の広場で待っていた人たちが次第に帰り始めた。また、先着にしても抽選にしても手に入れる見込みが薄いと踏んだ人、行列の中盤当たりで混乱の様子を見ていてうんざりした人が散っていき、結局前方に留まった二百人ほどが残った。

新たに応援にきたシエロビルの社員、防災センターの保安員、善文堂のスタッフ総動員で、残った客をようやく整理することができた。改めて、凜は脚立の上から抽選に変更になったことを詫び、手順を説明した。まだヤジを飛ばすものがいた。人員整理をしていた石綿、三上、オヤカタの三人がそれぞれ、不服を言い立てる客に囲まれている。最初からいたはずの津田の姿が見えないことに腹が立ったが、それ以上に、手伝うと言ったくせにアトリウムの隅っこで腕を組んで部外者然として高みの見物を決め込んでいる芸能事務所の千葉が神経をさかなでする。

二百人ほどの人たちは疲弊しきった様子で凜から抽選券を順番に受け取って帰っていった。どこからともなく戻った津田が、重複して配布されていないか凜の脇で確認した。ようやく抽選券を配り終えたが、まだ九人ほど残っている客があった。その九人というのは最前列で騒ぎを煽っていたチンピラ三人に加えて、凜が先に列で見かけた転売屋の乾、万引き犯ケツマガリ、ハードクレーマー西松、長時間問い合わせのミスターヘースティング、返品魔サイトウチヨコ、油男らオールスターの面々だった。痴漢と盗撮魔は目標である若い女性が帰ると、自分たちも引き上げていったようだ。

煽動者の三人の男は、居残っているオールスターの面々を率いて、腹に響くような低い声を轟かせて脅し文句を並べ、券の配布を終えた凜と石綿に握手会のチケットを確約せよと詰め寄る。

オールスターはもちろん、この明らかにカタギでない三人組も「みかんず」のファンではない。オールスターはチケットの転売目的で集まっていた。彼らは普段から、即時完売必至の付録付き雑誌や限定版の書籍を購入、または万引きしている。中には善文堂で設置している販売促進用の拡販資材、しおり、無料冊子までネットで転売するものもいる。金を稼ぐだけならハンバーガー屋でアルバイトでもしたほうが儲かるが、なぜか彼らは数十円、数百円というわずかな利ざやを得ることに労力を惜しまなかった。

たまたま居合わせたオールスターを率い、ファンらを煽動して騒ぐ三人組は「代行屋」と呼ばれる人間だった。彼らは入手困難なイベントのチケット取得や限定商品の確保を高額な代金で請け負う。代行屋を通すと、モーリス神田の握手会のチケットは三、四万円ほどになる。代行屋はすでに依頼者から金を徴収しており、チケットが手に入らなかったというわけにはいかないのだ。

「こんなこと納得できねえよ、人をばかにしてるじゃねえか」

代行屋のひとりが「なあ」とオールスターを煽る。オールスターはそれに答えて「そうだ」

とまるで遊戯であるように愉快そうに声をあげる。ミスターヘースティングは拍手しながら大きく頷く。油男までが脂肪たっぷりのふくよかな白い拳を突き上げている。サイトウチヨコは腹の底から憎悪を込め、喉が裂けてしまいそうなほどの耳障りな絶叫を発していた。

「ここに残った人数分は確保してもらうぞ」

「おう、そうだ」

永遠に続くかと思われた問答も昼が近づくと、ようやく収束した。オールスターの面々は散々喚いた後に、疲労のためか、空腹のためか、十分書店員を困らせて満足したか、抽選券を受け取って帰っていったが、代行屋はしつこかった。粘りに粘った代行屋は「これで済むと思うな」とか「法的措置に訴える」とか「このあたりを仕切っている連中に顔が利く」などと凜に人差し指を突きつけて脅し、抽選券をもらって帰った。

翌日、石綿と小森の監督の下で凜が抽選を行い、店内の柱のポスタースペースに当選番号を掲示した。その後、抽選に漏れた代行屋が連日閉店間際に来店して凜や石綿を呼び出し、不毛な問答を繰り返すことになった。凜が店頭で品出しの仕事をしていると、おそらく抽選にはずれた人たちだろう、顔を見たことがない客にばか、あほ、死ね、などと言われた。握手会まで一週間だった。

☆

握手会を二日後に控えて戦々恐々としていた凛は、閉店後にレジを締めている途中に津田から思わぬ誘いを受けた。酒を飲みにいきましょう、と津田は言った。お金ないですよ、アルコール苦手ですし、と凛が答えると、おごるからと言う。

凛は千鳥に気兼ねした。その日、千鳥は休みだった。職場に復帰してからも、津田との関係は震災前と変わらないように見えた。津田は、千鳥とつき合っているとか、すでに別れたとか、様々な噂があったが、本当のことは善文堂のスタッフの誰も知らず、ビールを一杯一緒に飲んだところで差し支えあるまい、と凛は判断した。

十分後にはシエロビルの向かいの餃子屋のカウンターに凛と津田は並んで落ち着き、瓶ビールが目の前に置かれた。軽く飲むつもりだったが、津田は凛がまだ飲みきらないうちに「まあまあ」とビールをひっきりなしにつぎ足す。

凛さん、いけるねえ、と津田は空になったビール瓶をカウンターの向こうへ掲げて見せて追加した。

もういい、と凜がグラスを塞ぐと、津田はまあまあ、とビールを注いだ。

「ああ、握手会が心配だわあ」

凜は津田にというより独り言のようにつぶやいた。

「大丈夫だよ、抽選で決まった百人を案内するだけだから、この前みたいな混乱は起きないよ」

「そういえば、津田さん、抽選券配布の時どこいたんですか、みんな大変な思いしてるときに」

「ああ、あの時具合を悪くした男性と一緒に防災センターにいたよ、なんか、てんかんの持病があったみたいで、症状が落ち着くまで付き添ってた」

「そうだったんですか」

トラブルがあると津田は決まって姿をくらますので、あの大混乱の際にも津田が逃亡したと決めつけていた。問いつめてやろうと加虐的な気分になっていた凜は決まりが悪かった。

さて、二軒目にいこうか、津田は言った。

帰ります、と凜は重くなった頭を垂れるようにして言った。うそでしょ、と津田は笑う。

「帰りますよ」「明日遅番でしょ」「はい、でも今日疲れたし、酔っぱらったし」「またまた、凜さん、ぜんぜん足りないよ、もう一軒だけ、ね」

津田はぜんぜん酔っていない。二人で瓶ビールを五本空けたが、津田の顔色は少しも変化していない。酔いのせいで、このちゃらちゃらして上辺を滑っていくような薄っぺらい津田の話し方が心地よく感じられさえした。

んじゃ、うちで飲みますか、と津田は言った。

冗談だと思って凜は「津田さん、千鳥さんとつき合ってるんでしょ」と笑い、津田に背を向けて「帰る」と言った。

ところが津田は凜の腕に触れて「ちょっと待ってよ」と引き留める。「ほんと一杯だけ、どうせ凜さん、うちに帰って寝るだけでしょ」

その言いぐさと、津田の腕に光るスイス時計に腹が立ち、凜は喧嘩を買うような気持ちで家にいってやろうかという気になってくる。

津田の意図を測りかねたが、あまりにしつこいので、いいですよ、と凜は答えた。津田の住むマンションは善文堂から歩いてすぐだった。津田に襲われたところで自分のほうが腕力が強い、と凜は考えた。

少し歩くと酔いがさらに回り、津田の部屋のソファに座った頃にはきたことを後悔した。疲れていたし、広々とした部屋の中には興味を引くようなものはひとつとしてなく、そもそも本棚がない時点で凜は興味を失った。

男の部屋にきたのは凜が善文堂で働く前にアルバイトしていた居酒屋の調理師に口説かれて以来だった。その十五歳年上の調理師が凜の初めての相手だった。野菜クズが隅で腐りゴキブリの這う調理場の床に誤って落としたハンバーグを、フライパンの油に浸して躊躇なく客に出すような人間だった。つき合いだした当初、調理師は料理を人参の皮むきから教えてくれ、オリジナルのパスタ料理なんかを作ってくれた。初めての時はベッドにうつ伏せに寝かされ、後ろからされた。後ろからまさぐられて首を吸われながらそのまま終えた。凜はその間、髪を掻き上げられたときに見られたはずの、耳の付け根の湿疹を終始気にしていた。まもなく、調理師は命令口調で話すようになった。二人で過ごすときは調理師のいきたいところだけにいき、それは決まってショッピングモールで、調理師はキャンプ用品や登山靴を長い時間かけて見て回った。凜が知る限り、調理師がキャンプなどをして野外で余暇を過ごしたことはなく、話を聞いたこともなかった。二ヶ月もつき合うと会話がなくなり、ただ部屋に呼ばれてことを終えると帰されるようになった。ある時、凜がベッドの上で果てた調理師と向かい合おうとすると、調理師は頭を抱えてベッドの端でうずくまっていた。「なあ」と調理師は語り出した。「甘エビあるだろ、あれでアナフィラキシー起こすやつがいてさ、よく女のグループがデザートなんか頼んだ時なんか、生のエビを絞った汁をがっつり甘くして振りかけてやるんだ、するとさ、何人かにひとりは店を出る時に口の周りが真っ赤になってるんだ、家族連れにもやったことあるよ、心配するなよ、お前のまかないには何もいれてないから、お前アレルギーひどいんだろ」と調理師は口をあまり動かさないで俯いたまま言った。凜は何も答えなかった。何も聞きたくなかった。そのうち、調理師はネットワークビジネスにはまって借金を拵えていたことが判明し、凜は別れを告げに調理師の部屋へ赴くと、調理師は、凜にはなぜなのか全くわからなかったが、笑い転げて叩きつけるようにしてドアを閉めた。凜は居酒屋のアルバイトを辞めた。

津田が缶ビールを二本持ってきて隣に腰をおろした。

凜はビールに口をつけた。

袖のボタンをはずして一回だけ折り返している凜の手首に、津田が指で触れた。

「凜さん、アトピーですか」

「顔見たらわかるでしょ」

「痒いですか」

「痒いですよ」

「見せてもらってもいいですか」

「え、なにを」

「皮膚ですよ」

「どこの」

「全部」

凛は身をわずかに引いた。それは全くの拒否を示したというのではなかった。箇所によっては皮膚を見せてもよいと考えた。凛は皮膚を晒されることを警戒して、できる限り皮膚の話題を避けて生きてきて、他人の視線や注意をいくらかでも自分から遠ざけることに腐心してきた。始終自分の皮膚の状態や人の目が気になって、皮膚が人生の多くを占めてしまっていた。皮膚が自分自身だった。皮膚の苦しみを知ってもらうことは自分を知ってもらうことだった。誰にも知られないのは辛かった。いつからか視線を逃れたいという自然な感情と皮膚をあらわにしてみたいという隠れた欲求が相反して現れ出していた。

怖いもの見たさか知らないが、興味本位で人に立ち入ってくる津田に醜い象の皮膚を見せてやる、と凛は思った。

凛は津田のいる側の右手をゆっくりと前方へ伸ばした。

「あれ、凜さん、夏なのに長袖の肌着着てるの」

津田は凜のワイシャツの袖を引っ張り上げて言った。

「毎日新しい搔き傷ができるんです、白いシャツだと血が滲みますから、一度つくと落ちないんです、善文堂って半袖を着なくてもいいんですけど、白いシャツっていう規定があるから」

誰に対しても口にしたことのないことを凜は話した。

津田は医師がガーゼを剝ぐように薄いグレーの肌着の袖を捲っていった。肘の湿疹から血が滲んでいた。

肘まで肌着を剝がされたとき、ピリっと痛みが走った。朝起きたときにできていた傷のかさぶたが肌着をめくられたことで剝がれたのだ。自分の一番内奥の秘密が暴かれてゆくようだった。肌を晒せば、自分に近接すると思った。

「気味悪いですか」

凜は聞いた。

津田は首を振った。

「毛が生えてるね」

腕には産毛と呼ぶには少し太い毛が生えている。幼少の頃から塗布しているステロイド剤の副作用だと皮膚科医は話した。湿疹のためにカミソリを当てることができないし、家庭用脱毛器も凜の肌には使えなかったし、そもそも高価で買えない。シェーバーならなんとか肌に当てることができたが、誰の目にも触れないという前提で生活していると処理を怠った。

津田が腕の毛の先をなぞるように手のひらを這わせた。

されるがままに凜は腕を預ける。もう一回やってください、と凜は言った。

津田はもう一度凜の腕をなでると「反対の腕も出して」と言って左手のシャツの肌着を捲る。

凜の指は関節のしわに沿ってあかぎれになっていた。手の甲は粟粒ほどの皮疹が点々と覆い、強ばった皮膚はやはり黒ずんでいる。衣服とこすれるからだろうか、寝る前によく掻く部位である手首から肘にかけての皮膚には慢性化した苔癬が目立つ。この強ばった皮疹は繰り返し掻きむしることで形成され、容易には消えない。長期間掻くことをやめないかぎり皮疹がなくなることはなかった。だが痒みが消えるということはあり得なかった。よくよく観察すると、太い血管に沿うように重度の皮疹が連なっている。

血が悪いんだ、と凜は思った。自分の血が濁っていて、血管から吐き出された不純物が皮膚にあがってくるんだ。腕を切り落としてしまいたい。腕を切り落とせば、体を掻けなくなって、皮膚がきれいになる。

「帰ります」

凜はソファから立ち「まあ座って」と凜の胴に腕を回そうとする津田を突き放してバッグを摑み、玄関で靴を履いた。ドアを開けると、そこに伊藤が立っていた。

「あら、凜さん」

伊藤は街中で会ったみたいに言った。

伊藤さん、お疲れさまです、と凜はとっさに言った。それから「仕事のことで……」と言いかけたところで津田に遮られた。津田が代わりに言い繕ってくれるのかと思った。

「伊藤さん、違うんですよ、凜さんが明後日の握手会のことで相談があるって急に押し掛けてきちゃって、凜さん今帰るところだから、さあ、伊藤さん入って」

押し出されるように外へ出た凜は津田の顔を見た。津田は凜に向かってしっしと手で払うしぐさをし、伊藤にすがるように「さあ、中に入って」と言う。

どういうことよ、と伊藤は普段会社では聞かれないような低い声で言った。何で凜さんが家にいるの。

「え、なに、まさか疑ってんの」

「違う女家に入れて疑うもくそもねえだろうが」

伊藤は玄関で怒鳴った。

「だから仕事の話してただけだって」

伊藤はくるりと向きを変えて、エレベーターのほうへ歩き出した。津田は靴下のまま出てきて伊藤を「待ってよ、中で話そうよ」と引き留める。

「うるせえよ」

「なに怒ってんの、しかたないじゃん、急に凜さんがきたんだもん」

「凜さんのせいにすんな、どうせおめえが連れてきたんだろうが」

「違うって、伊藤さんだってわかるでしょ、これを家に連れてくるわけないでしょ」津田は凜を指さした。「まさか伊藤さん、こんなのに嫉妬してるわけないよね」

ぎゅっと凜は目を閉じた。自分は関係ないと言い聞かせた。自分とは無縁の場所で起きていることだと考えた。刃物を胸に突き立てられてゆっくりと押し込まれたような痛みがあった。

破裂音がして、凜は目を開けた。津田が頬を押さえているのを見て、伊藤が津田の頬を張ったのだと知った。

「てめえがくそなのになに凜さんのこと悪く言ってんだよ」

「あいつが悪いよ、しつこくついてきたんだよ、ねえ、ほんとだよ、伊藤さんのためにちゃんと千鳥さんと別れたでしょ」

「もういい、帰る」

伊藤が言う。

待って、と津田が肩に手をかけると、伊藤は手を振り上げてまた頬を張った。

二人のやりとりから逃れるように凜は非常階段を駆け下りてマンションを出た。心を動かしてはいけない、と涙をこらえた。自動販売機になれ、と自分に言い聞かせたがうまくいかなかった。腕力は何の役にもたたない、と思った。しょうもない、しょうもないと念仏のようにつぶやいた。

アパートに帰り着くと、電話が鳴った。津田からだった。先ほどの自分の言いぐさを後悔しての電話だろうから無視しようと思ったが、何か重要な書類を忘れたかと思いなおして凜は電話に出た。

「凜さん、助けて」

と津田は言った。

は、まだ伊藤さんともめてるんですか、と凜はあきれて聞いた。

「ちがう、いや、そうだけど、家に小幡さんがきてるんだ」

凜はそれを聞いて「へえ」と答え、そういうこともあるか、と考えた。伊藤は一年くらい小幡とつき合っていたが、小幡の酒癖の悪さのせいで津田に乗り換えようとしたのだろうか。津田は津田で会社に出てこられないでいた千鳥を放っておいて伊藤に近づいたのだった。

ドンドンドン、と板を叩くような音が電話の向こうで聞こえた。津田がトイレにこもって電話をしている姿が目に浮かんだ。出てこい、という小幡の声が聞こえた。助けて、と津田が泣きながら訴える。誰の女に手ぇだしてんだ、こらあ。小幡が怒鳴る。

凜は茶番にうんざりして電話を切った。

☆

こんなに太陽が眩しく照っていて蒸し暑いのに凜ちゃんはどうして長袖を着ているの、と正面に立ったソノコが聞いた。寒がりなの、と凜は答えた。ふふふ、とソノコは笑って「うそよ、凜ちゃん、肌を見せたくないんでしょ」と言った。小学校の校庭の真ん中で、太陽は凜の頭の上にあった。地面が焼けるようだった。じっとりと粘つくような汗が額から、脇の下から、膝の裏から流れて肌を伝うのを感じた。凜だけが長袖長ズボンの体操着を着ている。半袖半ズボンの級友が大きな輪になり、凜を取り囲んでいた。むき出しになった汗の滲んだ全員の腕と足の肌が太陽の光でぴかぴかと光り輝いて目がくらんだ。健康で張りのある肌を持つ級友全員が凜ひとりに視線を注いでいた。さらに汗が噴き出し、体育着がびしょびしょに濡れた。止まらない汗は流れつづけて、足下に水たまりを作った。足下を見て、顔をあげると級友は消えていた。目を覚ますと、シーツが汗で不快に湿り、血と皮膚で汚れていて、枕も頰から染み出た分泌液で黄色くなっていた。

右側面のはげを隠すために短い髪をぎゅっとまとめ、牛乳と食パンで朝食をとり、凜は不安な気持ちでアパートを出た。その日はモーリス神田のエッセイの発売日、つまり握手会当日だった。

いつもより早く会社に着いて、バックヤードを掃除していると、出版社の営業の板橋と芸能事務所の千葉に伴われてモーリス神田が顔を出した。凜は精一杯背筋を伸ばして、石綿に倣ってお辞儀をして迎えた。

大きなサージカルマスクをして、ゆとりのあるクリーム色のニット帽を目深にかぶったモーリス神田はバックヤードには足を踏み入れず、スライドドアの隙間から顔を出し、誰とも視線を合わせることなく軽く頭を下げて引っ込んだ。

石綿は慌てて「控え室へご案内します」と頭を突っ込むように廊下へ出て「さあ、こちらです」と従業員用エレベーターまで導こうとした。

「おれ、今から被災地見てくるわ」

モーリス神田は突然言った。

え、と石綿と板橋はモーリス神田の顔を見た。

まだ時間あるでしょ、とモーリス神田に聞かれて、千葉は猛烈な勢いでスケジュール帳をめくり始めた。

「近くでいいから」

そうモーリス神田が言うと一同黙った。

千葉が低姿勢で強ばった笑顔を作り「神田さん、これから握手会までの時間で、作家の魔光院茂先生と昼食会が入ってまして、握手会の後はミリオンレコード仙台店を訪問、夜は地元のラジオ局で、打ち合わせと収録があります」と一息に述べた。

「まあ、とにかく車用意して」

モーリス神田が言った。

凜は開いたドアから、モーリス神田のしまりのない態度を見ながら被災地ってどこだろう、と考えた。どこでもいいが、握手会の時間には戻って欲しかった。

午前十一時過ぎ、当選した整理券を持った人らが並び始めた。凜はシエロビル関係者や善文堂スタッフと手分けしてアトリウムで待機している客をエレベーターで五階の会場へ案内した。参加者を概ね五階へ誘導してしまうと、会場の仕切は石綿に任せて、凜は遅れてくる客の案内のために数人のスタッフとパーテーションの撤去などをしながらアトリウムに留まった。

先ほどから、アトリウムの隅に人だかりが発生していた。はじめは四人か五人だったが、それが十人になり、十五人になり、徐々に増えている。全員女性である。手に花束や色とりどりの紙袋を持っている様子から察するに、どうやら抽選に外れて握手会に参加できなかった人たちである。彼女たちは、モーリス神田が一瞬でも姿を現すかもしれない、プレゼントを渡す機会が訪れるかもしれない、という期待を抱き、落ち着かない様子で何事か囁き合っていた。凜は先日の抽選券配布の混乱が目の前によみがえってくらくらした。

ファンの集団に気を取られていた凜は、急に死角から話しかけられて「わ」と声をあげた。

五十くらいの小柄な女性が、重箱が入るくらいの紙袋をぶら下げて立っている。グレーのドレスジャケットにパールのネックレス、膝下丈のスカート、肌色のストッキングに黒のパンプスという格好は小学校の卒業式に参列する母親を連想させた。

「あのう、これ、モーリスさんに」

女性は紙袋を凛に差し出した。

モーリス神田への贈り物だと判断して、凛は「申し訳ございません、ご本人にお渡しできるかわからないので、受け取れません」と断った。

「ええ、もちろんわかってるの、人員整理のあなたがモーリスさんに会えないことは重々承知してるの、でももしチャンスがあったらと思って」

恐れ入りますが、と言う凛を遮って女性は続けた。

「ずんだ餅」と女はくすりと笑った。「握手会に参加できなかったから、せめて仙台のものを召し上がっていただきたいと思って、ちょっとあなたに預けるのは抵抗あるけど、こういう状況だから仕方ないわね」

「お客様、申し訳ございませんが、お預かりできません」

「いいの、いいの、万が一渡せなくてもあきらめますから、本当はもっとモーリスさんに近い人に渡せたらよかったんだけど」

女はまるでモーリス神田本人を前にしているかのように、もじもじと肩をくねらせて紙袋を凛の腹へ押しつけた。

そうしなければ下に落ちてしまうので、凜は慌てて手を差し出してまんまと紙袋を受け取ってしまった。

「じゃあ、よろしくお願いね、中にはお手紙も入ってますのでくれぐれも扱いに注意して確実にモーリスさんご本人にお渡しくださるようにね」そう女は言って「ああ、このビルのどこかにモーリスさんがいらっしゃると思うともういても立ってもいられなくて、なんて表現したらいいんだろう、踊り出したくなっちゃう、私、少しでもモーリスさんと同じ空間を共有したくてわざわざ山形からきたの、だからモーリスさんを近くに感じられるこの夢のような時間をあそこでもう少し楽しんでいくわ」と、そこが吹き抜けであるために見える二階のカフェを指さした。

アトリウム隅の集団をちらと見て凜は「しまった」と思った。

ファンらは獲物を見極める獰猛な獣のように静かに凜を注視した。やがてひとりが歩み出すと全員が凜のほうへ一斉に押し寄せてきた。凜は反射的にPHSで応援を呼び、大きな段ボール箱を二つか三つ持ってくるように要請した。次々と渡される紙袋で両手がいっぱいになった。つい、ひとつ下に落とすと「大事に扱ってよ」と声がかかる。もう腕力が限界で抱えきれないというところで段ボール箱が到着し、凜はぶちまけるように贈り物の山をおろした。モーリス神田への贈り物や手紙を持ってくる人はイベント開始時間を過ぎても絶えなかった。結局、大人ひとりがすっぽり収まるほどの段ボール箱二つが山盛りいっぱいになった。尾形が気を利かせて「食品はご遠慮ください」と紙に書いて張ってくれたが、見た様子だと半分はケーキや菓子類のようだ。

そろそろアトリウムを引き揚げて会場を手伝おうと段ボール箱を台車に乗せると、中学生くらいの女の子が無言のまま凜に手紙を渡して走り去った。封筒の表にはカラーペンで虹と太陽が描かれている。手紙に何と書いてあるか、凜にはわかる気がした。自分も十年以上前に男性アイドルグループのメンバーにファンレターを書いて送ったことがある。懐かしくなって、この手紙はどうにか届けようと思った。

凜は地上階にいてわからなかったが、被災地を見にいくと言って出ていったモーリス神田と千葉はなかなか戻ってこず、関係者の気をもませたと後で聞いた。開始時間の変更について石綿とシエロビルの小森がほとんど口論に近い口調で相談しているところへモーリス神田が悠々と戻ってきた。開始時間ちょうどだったという。一同肝を冷やしたが、握手会は滞りなく進行し、無事終了した。

従業員通用口の外で、見送りのためにシエロビルの小森と石綿と凜、それから版元の板橋が並んでモーリス神田と千葉へ挨拶した。モーリス神田はすでにタクシーへ乗り込んでいた。

じゃ、次がありますので、と立ち去ろうとする千葉を呼び止めて凜は「あの、モーリスさんへ贈り物や手紙をたくさんお預かりしてますけど」と聞いた。

「ああ、申し訳ない、書店さんで処分してもらえます？」

千葉は言った。

「え」

凜は混乱した。

「持って帰れませんから」

タクシーを指さして千葉は当たり前のように言った。

「もしよければ事務所へ発送しますよ」

凜がそう言うといったい何がおかしいのか、千葉は野太い笑い声をたてて「いえいえ、それには及びません」と言った。

「じゃあ、この手紙だけモーリスさんにお渡しいただけませんか」

凜は女子中学生から預かった手紙をエプロンのポケットから出した。

千葉はそれに気づかなかったかのように「では、この度はお世話になりました」と軽く手を挙げてタクシーのほうへ走った。

凜は追いかけ、タクシーへ乗り込もうとしている千葉の襟首を摑んで引っ張り出すと、モーリス神田に「受け取ってください」と手紙を差し出した。

モーリス神田は「うわ」とまるで汚物でも突きつけられたかのように身を引いた。

「あなたへの手紙ですよ、モーリスさん、こっちを向いて目を見てください、どうして私たちの顔を見ないんですか」

勝手になにしてるんですか、と千葉は後ろから凜を引っ張り、それに「何やってんの、五十嵐さん」と石綿も加わった。石綿は凜を取り押さえると、走り去るタクシーに深く頭を下げた。

凜の手の中に残っている手紙を見て、石綿が「あれ、凜さん、モーリスのファンだったの」とからかった。

「違いますよ、私のじゃないですよ、女の子から預かったんです」

やりとりを他人事のように笑っていた板橋が「じゃあ、私が預かりますよ、後日社で追加のサイン本をモーリスさんに作成していただく予定がありますから」と申し出た。凜は板橋に「本が売れるようにがんばります」とお礼の代わりに言った。

バックヤードの仕分け台にはモーリス神田への贈り物や花束が山となっていて、文芸書のブックトラックには店頭販売用ということで作成してもらったサイン本が積まれていた。凜は店頭から回収した、イベント告知のポスターを見た。震災復興支援企画であることを今更思い出した。数日後、営業本部は抽選券配布の際の混乱でけが人が出たことを重く見て、石綿を店長から副店長へ降格という処分を下した。それで代わりに小幡が店長になったかというとそうではなく、善文堂仙台シエロ店は店長が不在になり、副店長が二人になった。もともとこのイベントを推し進めた凜は厳重注意を受け、始末書を書かされた。モーリス神田のエッセイ本は大いに売れた。

怒鳴り声を聞いた気がして凜は目を覚ました。寝入る寸前まで、そして夢の中でも、昨夜受けたクレームの場面が幾度となく再現され続け、朝から苦々しい思いだった。寝不足と低血圧のせいか、目がぐるぐる回る。頭痛がした。震災で中止となっていた声優のイベントが、開催されることとなり、白銀と一緒にいくことになっていた。ずっと楽しみにしていた日なのに気分が乗らなかった。

午後三時、白銀と仙台駅で待ち合わせて、喫茶店で茶を飲みながらグッズにかけられる予算を報告し合った。十八時にイベント開始だが、一時間前でないと並ぶことができない。周辺ではそれより前から参加者でごった返すことになる。人気のグッズを手に入れようとするならば、混乱は避けられなかった。

「仙台会場限定のタオル、赤か青か迷う」

凜は言った。

「どっちも買って、いらないほうを売ればいいではないか、会場にこられなくてタオルが買えない人もいるんだよ、転売は正義だよ、凜氏」

普段書店で、転売屋の悪口ばかり言っている白銀が言う。

「もしタオルが買えなかったら、トートバッグを狙おう」

「まず、整理券をゲットしたら、物販ブースまで突っ走るでごじゃるよ」

白銀はグラスの底にわずかに残っていたアイスティをストローでズーズーと音を立てて吸い上げた。

午後五時、凜は興奮していた。全てをぶつけるつもりで白銀と手をつないで列に並び、チケットを提示して整理券をもらった。整理券はグッズを買うのに必要である。転売を防ぐために整理券を提示してグッズひとつにスタンプひとつ押してもらう。ひとりにつき五つまでグッズを買うことができた。

いよいよ会場入りし、凜は白銀と肩を組んで館内ホールの物販ブースへ突撃した。底が平たいバレエシューズを履いていたため、白銀が滑って転んでしまい、凜は子供でも持ち上げるようにして白銀を抱えて立たせ、一緒に走った。

「走らないでください」

係員が拡声器で注意を促す。

ひときわ人が群がっているブースでスーツ姿の男性が声を張り上げて何やらアナウンスしていたが、騒然として聞き取れない。聞き取れないと、気持ちが焦る。凜と白銀はスクラムを組んでずんずん前に進んでいった。やっとアナウンスが聞こえた。

「売り切れです、仙台会場限定タオルは売り切れです、赤と青ともに売り切れです、タオルは売り切れです」

ふざけんな、と誰かが叫び、凜は呼応するように「ふざけんな」と声を合わせた。

「落ち着いてください、お並びになってお待ちください」

複数の係員が地声で、あるいは拡声器で呼びかける。

人が密集していた。いっこうに前に進まないのに背後から人の壁が迫って押し出されるような圧力を感じる。身動きがとれない。

新たに館内に入ってきた人らが、その都度会場限定タオルが売り切れていることに不満の声をあげた。さらにホールから会場へと進む扉の前で小競り合いが起きていた。タオルを複数所持しているおばさんに高校生くらいの女の子三人が詰め寄っている。ひとり一つでしょ。なんでそんなに持ってるの。何回も並んで買ったんでしょ。ずるいよ。返しなさいよ。おばさんはうずくまって泣いてしまい、駆けつけた係員に保護され、どこかへ連れていかれた。

「落ち着いてください、ゆっくりお進みください、タオルは売り切れましたが、仙台会場限定トートバッグはまだ在庫がございます、ホール内大変混み合っております、ゆっくり落ち着いて移動してください」

糖衣に包まれた菓子に群がる蟻のように、集団は絶えず形を変えながら、トートバッグを売るブースへと移動していく。

凜の前で少女が転んだ。そこが突破口に見えて、凜は倒れた少女の肩胛骨のあたりを踏み越えた。もう前に進むことしか頭になかった。やっと目の前にグッズ売場が現れた。ポスターが壁一面を覆い、イベントに出演している声優ひとりひとりがアニメの中で演じたキャラクターのポーズをとっている。ポスターにはそれぞれに番号が振ってあった。販売台では、きらきら光るうちわ、生写真、Tシャツ、缶バッチ、マグネット、腕時計、マグカップ、ハンカチ、フィギュア、クリアファイル、ノート、ボールペン、キーホルダーのほか、特製クッキー、チョコレート、コーヒーなどの食品も販売している。トートバッグはというと、まだあった。他のグッズから独立して丸いテーブルの上にキャンバス地のトートバッグがいくらか残っている。

トートバッグへ向けて前進すると、ピンクのTシャツを着た女がぬっと凜の前に肩を入れるようにして遮った。各方位から人が飛び出してくる。凜も横向きの体勢のまま体を押し込んでトートバッグを目指す。凜さん、トートバッグがなくなっちゃう、と白銀が凜を後ろから支えてくれる。前後左右から寄せる圧力を押し返す。ピンク女に肘鉄を食らい、凜は反撃としてわき腹に拳を入れた。さらに体当たりを受けると、下半身を踏ん張るようにしてピンク女の腰めがけてタックルをかました。ピンク女は「ぐふ」と呻いて吹っ飛んでいって、近くにいた誰かと頭をぶつけて悶絶し、群衆に踏みしだかれて見えなくなった。

トートバッグの残りは三つ、二つと減っていく。凜は、後ろから現れてトートバッグに飛びつこうとした女の足を払い、転ばせた。顔面を絨毯の床に打ち付けた女は倒れたまま凜の足にしがみつく。足を引っ張られながらも凜はトートバッグに指をかけたが、横から素早く伸びてきた手に最後のトートバッグをさらわれた。取り損ねた凜に向かって、小太りの女がこれ見よがしに横取りしたトートバッグを広げて舌を出しておどけて見せた。凜は小太りの女からトートバッグをもぎ取ろうと持ち手を掴んだ。他の客の手も次々に差し込まれて、トートバッグは一度に四方に引っ張られた。男性スタッフが奪い合いを止めに入ったが、誰かの後頭部が顎にぶつかって崩れるように倒れた。一つのトートバッグに十人、二十人が群がり、塊となって販売ブースを押していき、テントが倒れ、販売台が倒れ、ディスプレイの看板が倒れた。女性販売員が悲鳴をあげた。レジスターがひっくり返って小銭が散らばった。足下の金を拾い出すものがいる。凜は右手に力を込めると、引き寄せられる手応えを感じた。トートバッグは引き裂かれて凜の手の中に持ち手のみが残った。

舞台を鑑賞した後で、会場外の階段に腰掛けながら、凜はジーンズの裾をめくってみた。凜が転ばせた女が力の限りしがみついたせいで左の足首が内出血して黒くなっている。さらに手の甲に爪で引っかかれた傷が生々しく浮き上がっていた。白銀は会場のコンサートホールを背景にして、携帯電話のカメラを自分に向けて、二人が枠に収まるように撮影し、画面を見せた。白銀の肌は、敷地内の外灯の明かりでも白く写っていたが、凜の顔は眉が薄く、肌がくすんで潤いがなく、乾ききった岩石みたいな色だった。

凜氏は津田さんとつき合ってるのかね、とコンサートホールから仙台駅に向かって歩く途中、白銀が聞いた。

「私、あの人、いや」

「ワシも苦手、クレームの時すぐ逃げるしのう、それにモーリス神田の握手会の抽選券配布の時いなくなったであろう、尾形氏によると、あの者はトイレに隠れて新聞読んでたらしいぞ」

「ああ、そうなんだ、うそつきだしね」

「でも凜氏、つき合ってるのだな」

「つき合ってないよ、誰から聞いたの」

「千鳥氏」

そう、と凜が言うと、白銀は「じゃあ、ねらっているのかね」と聞き、凜は「そんなわけない」と答えた。

「アプリゲームの恋人よりはいいぞ」

突然、白銀は言った。

凜は立ち止まった。跳ね上がるように心臓が痙攣して呼吸が数秒止まった。凜は眉を寄せて白銀を見ると「知ってたの」と聞いた。

白銀はへへへと笑い、みんな知ってる、と言った。

☆

鬱蒼と樹木の茂る公園内は風がなく、なま暖かい空気が湿り気を帯びて停滞していた。中央部の芝生広場を縁取るように舗装されたランニングトラックがある。広場は木立で囲繞されていて、その松や桜の中を曲がりくねった散歩コースが巡らされていた。

深夜二時なのに、日中地面にため込まれた熱が放たれて蒸し暑い。日の高い時間であればランニングトラックで陸上の練習をする中学生、芝生にシートを広げてサンドイッチを食べる家族連れ、飼い犬と戯れる主婦、キャッチボールをする親子の姿などが見られるが、この真夜中に人の気配はなく、歩くものは凜ひとりだった。虫の声だけがざわざわと耳にまとわりついた。

凜は夢遊病者のように背を丸めた姿勢で、公園の散歩コースを歩いていた。ほんの十分前まで、ベッドの上で肌を掻きむしっていた。じっとりかく汗のせいで痒みが耐え難いほどひどく、到底眠ることなどできそうになかった。保冷剤で患部を冷やしても、ステロイド剤を繰り返し塗布しても全然痒みが鎮静しない。頭が狂いそうになって、皮膚を火照らせたまま部屋を出てきたのだった。

散歩コースを外れて、子供五人が並んで滑れる滑り台がある遊具広場を眼下に見下ろすと、階段にカップラーメンの容器とワンカップが空っぽで捨て置かれている。その食事をした本人らしい浮浪者のじいさんがベンチでいびきをかいて寝ている。箱型の機関車の遊具から毛布がはみ出しているのを見ると、どうやら暑くて寝床から這い出てきたのだろう。こんな時間でも灯っている、樹木の向こうのマンション群のいくつかの窓の明かりが、凜にどうしようもなくわびしい思いを去来させた。仙台駅東口から伸びて、プロ野球の試合が行われるスタジアムまでの道路を街灯が照らす。そのオレンジの光が茂みの隙間からわずかに差し込んでいた。凜は電灯のあたらない、コナラの周りに植えられたツツジをまたいで茂みの奥へ足を踏み入れた。

そこがどの方向からも死角となっていることを確認すると、凜はかがんだままの姿勢でスニーカーを脱いだ。さらにTシャツとジーンズも素早く脱いで素っ裸になった。下着は部屋で外してきた。全裸にスニーカーのみを身につけると、心臓の鼓動が高まり、耳の中でとくとくと血管が脈打つ音がはっきり聞こえた。凜は力を込めて両手を握り合わせ、気持ちが静まるように息を深く吸って吐いた。耳元を飛ぶ羽虫を払い、全身の皮膚をセンサーにして周囲の気配を探り、慎重に散歩コースへ出ていった。

明かりを避け、凜は時々物音を感知して茂みに飛び込んで身を隠しながらジグザグに道を進んだ。動悸が激しくなる。緊張で空っぽの胃が収縮し、げっぷが少しずつ漏れた。いつ見られるともしれない恐怖のせいで小走りするようであった凜は、歩み出して五分も経つと、やや大きな歩幅をとって地面を踏みしめ始めた。徐々に緊張が解けていき、恐怖が快感へと変異していった。ぬるい風がむき出しの肌を撫でていくのが心地よかった。顔は火照るようであるのに、下半身には肌寒さを感じた。絶対に見られてはいけない。見られたら通報されるだろう。危害を加えられるかもしれない。恐ろしく頭が冴えた。

突然、肌が生き物の気配を敏感に察知し、凜は茂みに飛び込んで、道の先へと意識を集中させ、暗闇に目を凝らした。足首に草がちくちく刺さる。頭の上にはしだれ桜の細い枝が乗った。軽やかな足音が近づいてくる。人のものではない。

姿が見えないうちにやってくるものが犬だとわかり、凜は警戒を解いた。毛色の薄い、小型犬が縁石を嗅ぎながらいったりきたりしている。凜は勢いよく立ちあがって歩道へと躍り出ると、小型犬は凜が怪物ででもあるかのように、きた方向へ俊敏に疾走していった。犬の爪がアスファルトを掻く「つつっつつっ」という音が遠ざかる。

犬ころを追い払うと、公園全てが自分のものと思えた。誰も立ち入れない、自分だけの領域だ、と凛は感じた。この真夜中に、茂みで絡まり合うカップルも、アンパン遊びをする不良中学生も、野ぐそする浮浪者も、ジョガーも、スケーターもいない。粉をふいたように乾燥して荒れに荒れた顔、色素沈着して節々の黒ずんだ全身の肌を晒しても怖がる人間もいなければ、笑う人間もいない。凛はもう一息で半周というところで木々の間から中央の広々とした芝生を見た。公園の反対側より向こう、ずっと先に市街のビルの光があり、手前には闇が横たわっていた。凛は闇の中の広場を突っ切って駆けてみたい、と思った。公園のどこかに人がいるかもしれない。また高層の建物から公園を眺めている人があるかもしれない。だが、風になって走れば誰の目に留まることもないと凛は本気で思った。

満ちた月が光った。散歩コースから、植え込みのバラの棘に注意しながら松と紅葉（もみじ）の木の間を抜け、陸上トラックを渡って芝生を踏んだ。凛の前に、夜空が大きく開けた。暗闇なのに、煌々とした光の中に投げ出されたような気がして、突然羞恥がこみ上げてきて恥部を隠す。しかし、それも興奮が打ち消した。凛はピンと指を伸ばして短距離スプリンターのように前のめりの姿勢で走り出した。柔らかい芝生を踏みしめると、体が宙に浮かぶようだった。全身の筋肉が伸びやかに運動した。全力を注ぎ込んで疾駆すると広場の中心を過ぎたあたりで足が地面から離れた。公園は丘陵地にあったが、さらに突き抜けるように視点が上昇していく。凛は自転車を漕ぐ要領で足を高速回転させる。公園が俯瞰できた。トラックに囲まれた長方形の芝生を黒々とした木立が囲み、曲がりくねった散歩コースの形状がよくわかる。遊具広場では、さっき見かけたじいさんがやはり同じベンチで寝ている。林が丸く切り抜かれたように白く見えるのは噴水広場だが、夜間は水が止められている。凜は噴水の黒い先端から、自分の色素沈着した乳首を連想した。吹く風が、かさかさに乾いて敏感になった乳首を撫でた。恍惚があった。子宮が下がる感覚があった。空から向こうの中心市街まで見通せた。シエロビルの航空障害灯が赤く点灯している。凜は、ものごころついた頃から自分の魂を側に感じた。自分から分裂した魂がつかず離れずに側にあり、衛星のように回転していた。衛星がいつも痛みや苦しみを代わりに受けてくれた。その衛星が今もっとも近接していると感じた。凜はかわいそうと言われるのを忌みながら、本当はかわいそうと言って欲しかった。一番かわいそうだと思っているのは自分だった。闇の中にどこにでもいる女の子の像が現れた。女の子は凜自身にも、ソノコにも見えた。女の子は布団の中で苦しんでいた。痒い痒いと騒いでいる。母親が現れて布団を剝いでうるさいと女の子の首を絞めた。女の子はごめんなさい、ごめんなさい、と呻いて足をばたばたさせたが、やがて声が出なくなってぐぐと息が漏れた。今度は母親が女の子を抱いてごめんね、ごめんね、と泣いた。もう少しで何か忘れていた本当のことに触れられそうだった。

しかしそう思ったのもつかの間で、望むところのものがぼやけ、再び衛星は遠ざかってわからなくなった。摑みかけた像が崩れた。公園の反対の端に着いた時、頬が濡れていた。興奮が急速に冷め、魔法が解けたように恥ずかしくなって凜は茂みに入った。そこは初めに服を脱いで歩き出した場所だった。畳んであるTシャツを手にとって凜は慄然とした。ジーンズがなかった。

Tシャツを着て、凜は植木の陰から陰へ移動し、辺り一帯隈無くジーンズを探した。どこにもない。誰にも見られなかったし、他には誰もいないはずだった。公園の入り口に近い公衆便所までくると、凜は「あ」と声を漏らした。凜が脅かして追い払った小型犬が、ジーンズをくわえて引きずっている。凜はまた脅かして取り返そうとしたが、便所から遊具広場のベンチで寝ていたはずの浮浪者が姿を現し、慌てて植木に隠れた。

浮浪者は犬がジーンズを引きずっているのに気づき、蹴飛ばす仕草をして威嚇した。犬はいつも乱暴されているのか、浮浪者がちょっと動いただけでくわえていたジーンズを放し、跳ねるように逃げた。ジーンズを拾い上げて、自分で穿けるものなのか、腰の高さに合わせてみた浮浪者は、それが足首まで細くすぼまった女物であるとわかるとくずかごに捨てた。それから、惜しい気持ちからか、もう一度ジーンズを拾い上げて広げ、首を振ってくずかごに戻した。

凜は、浮浪者が散歩コースから階段を下りてベンチへ戻るのを待ってジーンズを回収した。公園を出てアパートへ戻る途中、向こうから肩を組んで歌を歌う学生らしい三人組がやってきた。酔っぱらっているようだ。すれ違う瞬間、凜は自分が衣服を身につけているか心配になって、反射的にぴくりと身を隠しそうになった。

帰り着いて風呂に浸かり、ベッドで綿のタオルを腹にかけて横になると気分が落ち着いた。全裸に比べたら、半袖をきて腕を晒すくらいなんでもない気がした。両方の腕を掻いているうちにまどろみ、頭を掻いたとき、右側面のハゲにうっすら毛が生えているのに気づいた。凜はそのぽやぽやした産毛を撫でながらそれほど苦しまずに眠りに落ちた。

初出　「新潮」２０２１年４月号
装画　大塚文香

象の皮膚

発　行　2021年6月25日

著　者　佐藤厚志
発行者　佐藤隆信
発行所　株式会社新潮社
〒162-8711　東京都新宿区矢来町71
電話　編集部　03-3266-5411
読者係　03-3266-5111
https://www.shinchosha.co.jp
装　幀　新潮社装幀室
組　版　新潮社デジタル編集支援室
印刷所　大日本印刷株式会社
製本所　加藤製本株式会社

ISBN 978-4-10-354111-0 C0093

首里の馬　高山羽根子

この島のできる限りの情報が、いつか全世界の真実と接続するように――。世界が変貌し続ける今、しずかな祈りが切実に胸にせまる感動作。〈芥川賞受賞〉

サキの忘れ物　津村記久子

見守っている。あなたがわたしの存在を信じている限り。人生はほんとうに小さなことで動きだす。たやすくない日々に宿る僥倖のような、まなざしあたたかな短篇集。

リリアン　岸政彦

街外れで暮らすジャズベーシストの男と、場末の飲み屋で知り合った女。星座のような二人の会話が、陰影に満ちた大阪の人生を淡く照らす。哀感あふれる都市小説集。

母影(おもかげ)　尾崎世界観

私は書けないけど読めた、お母さんの秘密を。小学校に居場所のない少女は、母の勤める店の片隅でカーテン越しに世界に触れる。初の純文学作品にして芥川賞候補作。

自転しながら公転する　山本文緒

結婚、仕事、親の介護、全部やらなきゃダメですか？　東京で働いていた32歳の都は親のために実家に戻ったが……。人生に思い惑う女性を描く共感度１００％小説！

正欲　朝井リョウ

生き延びるために手を組みませんか――いびつで孤独な魂が奇跡のように巡り遭う。絶望からはじまる、痛快。あなたの想像力の外側を行く、気迫の書下ろし長篇小説。